청소년 소설집

조용한 식탁

청소년 소설집

조용한 식탁

초판 1쇄 발행 2013년 3월 21일
초판 4쇄 발행 2015년 4월 10일

글쓴이 이병승, 홍명진, 김해원, 이성숙, 전아리, 전삼혜, 이승현
펴낸이 황규관
디자인 design Vita
일러스트 노혜지, 성지현, 서원희, 심현영, 조동혜, 유리나, 이영해

펴낸곳 도서출판 삶창
출판등록 2010년 11월 30일 제2010-000168호
주소 (121-809) 서울시 마포구 대흥동 252-1 302호
전화 02-848-3097 **팩스** 02-848-3094
홈페이지 www.samchang.or.kr

ⓒ 이병승 · 홍명진 · 김해원 · 이성숙 · 전아리 · 전삼혜 · 이승현, 2013
ISBN 978-89-6655-023-4 43810

청소년 소설집

조용한 식탁

이병승 · 홍명진 · 김해원 · 이성숙
전아리 · 전삼혜 · 이승현 지음

삶창

차례

조용한 식탁

이병승

새벽 두 시. 나는 방문을 열고 나온다. 아빠는 집에 안 들어온 지 몇 달째고 엄마와는 서류상 이혼 상태다. 그리고 언제부턴가 엄마도 집에 안 들어온 지 오래. 이 집엔 지금 나밖에 없다.

주방의 노란 전구 불빛이 하얀 식탁 위를 비추고 있다. 마치 텅 빈 무대를 비추는 조명 같다. 식탁 위엔 엎어진 가족사진 액자와 언제 죽었는지 알 수 없는 말라버린 화분, 그리고 뜯어보지도 않은 청구서와 독촉장들만 수북하다. 나는 주머니 속에 꼭 쥐고 있던 하얀 봉투를 꺼내 식탁 위에 올려놓는다. 유서다. 거실의 어둠을 밟고 현관으로 간다. 잠기지 않은 현관문을 열고 나간다.

낡은 복도식 아파트지만 내가 지나갈 때마다 자동으로 불이 켜졌다 꺼진다. 나를 알아보고 반응해주는 센서가 고맙다.

엘리베이터 단추를 누른다. 15층 꼭대기에 있던 엘리베이터가 나를 위해 내려와 준다. 어서 오라고, 편안한 곳으로 데려다 주겠다며 문도 활짝 열어준다.

다행이다. CCTV 같은 건 없다. 나는 거울에 비친 내 모습을 물끄러미 바라본다. 여드름이 잔뜩 난 얼굴. 자그마한 키에 짧은 다리. 중국집 스티커의 짤막한 중국인 요리사를 닮은 것 같다는 생각을 한다.

15층. 문이 열린다. 옥상으로 올라가는 몇 개의 계단을 터벅터벅 올라간다.

오늘도 철문은 잠겨 있다. 결국 또 벽이다. 쇠사슬을 물고 있는 주먹만 한 자물통이 엄마처럼 나를 타이른다. 그런 생각은 위험하다고. 나는 철문을 마주 보고 서서 한참 동안 생각한다.

이제 어떡하지?

다행인가?

아닌가?

이른 아침 교실은 왁자지껄하다. 나는 복도를 지나 교실 문을 열고 들어간다. 창가 쪽 내 자리에 가서 앉는다. 아무도 나를 눈여겨보지 않는다.

뭐, 상관없다.

나는 처음부터 외톨이였으니까.

나는 책상에 앉아 오늘도 유서를 쓴다. 세상에서 제일 힘든 글쓰기다.

아무도 내게 말을 걸지 않는다. 아예 없는 사람 취급이다. 그런 것쯤은 이제 아무렇지도 않다. 하지만 오늘은 분위기가 좀 다르다.

책상에 엎드린 채 고개를 옆으로 돌려 나를 물끄러미 바라보고 있는 규철이의 눈. 순간 나는 오금이 저렸다. 하지만 어딘가 좀 이상하다. 평소에 나를 바라보던 눈빛이 아니다. 뭐지? 저 눈빛은? 뭔가 내게 할 말이 있는 듯한 표정이다. 규철이의 팔뚝엔 붕대가 감겨 있고 뺨에는 반창고가 붙어 있다.

아, 맞다.

저 상처는 내가 낸 것이다. 며칠 전 나는 더 이상 규철이에게 당하고만 살진 않겠다고 결심했다. 그동안 당한 괴로움 때문이었을까? 녹슨 고물 자전거에서 체인을 벗겨낼 때도, 목장갑을 끼고 체인을 둘둘 말아 쥔 채 어두운 골목길 가로등 밑에서 규철이를 기다릴 때도, 나는 죄책감 같은 건 눈곱만큼도 없었다. 규철이는 무방비 상태로 걸어가다가, 느닷없이 나타나 득달같이 달려들어 휘두르는 체인에 당했다. 반사적으로 팔뚝을 치켜들었지만 체인은 팔뚝을 훑고 지나갔다. 출렁이는 체인에 스치듯 맞은 뺨에도 상처가 났다. 나는 바닥에 쓰러져 뒹구는 규철이의 옆구리를 한 번 더 걷어찼다. 아마 규철이는 상상도 못 했을 것이다. 어리바리하게 돈이나 뺏기고 빵 셔틀이나 하던 내가 이런 식으로 나올 줄은.

하지만 지금 규철이의 저 눈빛은 아무리 봐도 모르겠다. 나를 두려워하는 것일까? 아니면 보복을 하려는 것일까? 규철이가 여전히 알 수 없는 표정으로 나를 보다가 슬며시 고개를 돌린다.

"내가 이럴 줄 알았어."

어느새 다가왔는지 연우가 내 책상 위의 노트를 내려다보며 말을 건다. 나는 화들짝 놀라 노트를 덮는다. 죽음이란 단어가 뒷장이 파일 정도로 깊고 진하게 적혀 있었다.

연우는 나보다 더 심한 외톨이였다. 툭 튀어나온 이마, 퀭하고 깊은 눈, 마르고 기다란 손은 어딘지 모르게 음산한 느낌이 들었다. 연우는 가끔씩 혼잣말을 중얼거리기도 하고 저 혼자 뭔가를 본 듯 화들짝 놀라곤 해서 또라이라는 별명도 갖고 있었다. 엄마가 무당이라는 소문도 있었다.

"너한테 꼭 보여주고 싶은 게 있어."

연우가 내 어깨에 손을 얹으며 말했다. 낮고 편안한 음색이었다. 나한테 이렇게 따뜻한 느낌으로 말을 걸어준 아이는 연우가 처음이었다.

"오늘 밤에 학교로 나와."

구름 사이로 달이 스쳐 지나갔다. 어둠이 깔린 학교는 마치 딴 세상 같았다. 연우는 교문 앞에서 나를 기다리고 있었다.

"애들은 우리 엄마가 무당인 줄 알지만 그렇지 않아. 사실은 내가……."

"뭐?"

"난 말야…… 남들 눈에는 안 보이는 게 보여."

"뭐가 보이는데?"

"죽은 사람의 영혼."

"!"

연우는 어두운 운동장을 가로질러 갔다. 나는 어쩐지 으스스한 느낌이 들었지만 일단은 연우 뒤를 따라 걸었다. 연우는 컴컴한 복도를 지나 우리 반 교실로 들어갔다.

연우가 손가락으로 교탁 바로 앞의 자리를 가리켰다. 거기엔 아무것도 없었다. 내 표정을 보더니 연우가 내 손을 잡았다.

"이젠 보이지?"

"!"

나는 흠칫 놀라 뒤로 한 걸음 물러섰다. 머리카락이 쭈뼛 솟는 것 같았다. 등골이 서늘해졌다. 연우의 말대로 교탁 앞 자리에 낯선 여학생이 앉아 있는 모습이 보였다. 하지만 어딘지 모르게 비현실적인 느낌이 들었다. 교실 책상 위에 어둠을 밝히는 노란 알전구 스탠드가 켜져 있었다.

여학생은 우리 학교 교복을 입고 있었다. 명찰엔 2학년 2반 이미연이라는 이름이 새겨져 있었다. 책상 위에는 참고서가 펼쳐져 있었다. 미연이는 입술을 깨물며 수학 문제를 풀고 있었다. 하지만 우리 반엔 그런 이름을 가진 아이는 없다.

"누, 누구지?"

연우가 미연이의 참고서를 덮더니 손가락으로 표지에 적

혀 있는 연도를 가리켰다. 벌써 6년 전 참고서였다. 나는 연우의 얼굴을 바라보았다.

"그래, 맞아. 6년 전에 자살한 거야."

연우는 그렇게 말하고 스탠드의 줄을 잡아당겨 불을 껐다.

"이제 그만 쉬어."

미연이가 다시 스탠드 불을 켰다.

"시험공부 해야 돼."

연우가 다시 불을 껐다.

"이젠 보고 싶어도 못 보잖아."

미연이는 다시 불을 켰다.

"성적 올려야 돼!"

"넌 이미 죽었어."

"!"

미연이는 충격을 받은 듯 놀란 얼굴이 되었다가 강하게 부정하듯 고개를 설레설레 흔들었다. 연필 쥔 손을 더욱 세게 쥐었다. 스탠드 불빛이 환하게 미연이의 주변을 비추고 있었다.

미연이는 퀭한 눈을 들어 빛을 뿜어내는 스탠드를 바라보며 혼잣말처럼 중얼거렸다.

"전구 속의 필라멘트는 2000도의 고온에도 끊어지지 않고 견딜 수 있어. 어떤 악조건 속에서도 변형되지 않고 버텨내. 온도가 올라갈수록 저항값도 올라가. 저렇게 얇고 가는 선 하나가 악착같이 버티고 견디면서 전구를 밝히는 거야. 나도…… 그런 필라멘트가 되고 싶어."

"근데 왜 죽었어? 죽는다고 해결되는 건 아무것도 없는데!"

"난 안 죽었어!"

"자살하면 모든 게 해결될 줄 알았지? 편해지고 싶었지? 필라멘트처럼 강해지고 싶다면서 정작 넌 스스로 전구를 깨고 말았어. 그 유리 파편에 네 마음이 베이고 부모님마저 상처 입은 걸 보고는 후회했겠지. 그래서 네가 죽었다는 사실조차 인정하기 싫었겠지. 하지만 이젠 인정해야 돼."

미연이의 표정이 변하기 시작했다. 인정하지 않으려야 않을 수 없다는 듯. 서서히 미연이의 어깨가 흔들리더니 뺨 위로 눈물이 흐르기 시작했다. 입술을 잘근잘근 깨물었다.

"왜 그런 바보 같은 짓을 했어?"

"나도 몰라!"

"……."

"하지만 그런 바보 같은 짓은 어른들이 더 많이 하잖아?"

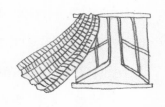

미연이가 허물어지면서 책상 위에 엎드린 채 어깨를 들썩이며 흐느꼈다. 연우가 미연이의 어깨를 감싸 안아주었다.

"조금만 더 참지. 조금만 더 견디지. 살아만 있었다면 지금쯤 대학생이 되어 있을지도 모르는데…… 이젠 그만 쉬어."

연우가 스탠드를 껐다. 참고서와 연필, 스탠드와 책상 위에 떨어진 눈물 자국이 스르르 사라졌다. 미연이의 모습도 안개처럼 뿌옇게 흐려졌다.

미연이의 영혼을 돌려보낸 연우는 나를 데리고 본관 뒤편에 있는 창고로 갔다. 경비 아저씨가 온갖 잡동사니를 보관하는 곳이었다.

연우가 창고 문을 열었다. 어두운 구석에 한 아이가 속옷 차림으로 오들오들 떨고 있었다. 옷과 신발을 빼앗기고 집단 따돌림을 당하며 살아온 1학년 아이가 분명했다.

"무서워하지 마."

그 아이도 자기가 이미 자살한 영혼이라는 사실을 깨닫지 못하고 있는 것 같았다. 연우는 미연이에게 했던 것처럼 그 아이를 다독이고 위로했다. 그리고 아이가 한바탕 눈물을 쏟은 후에 똑같은 말을 했다.

"죽는다고 문제가 해결되진 않아. 하지만 너무 늦었지. 너도 이젠 편안한 곳으로 가서 쉬어."

연우는 나를 데리고 어두운 운동장 한가운데로 나왔다. 건물 옥상에 우두커니 서 있는 아이, 화단 근처에서 배회하고 있는 아이. 모두가 슬픈 눈동자를 가진 죽은 아이들의 영혼이었다.

연우가 내 손을 놓자 비로소 그 아이들의 영혼이 보이지 않았다.

나는 연우를 빤히 쳐다보았다. 연우가 희미한 미소를 지었다.

"쟤네들은 왜 자기가 죽은 줄도 모르는 거야?"

"죽으면 다 해결될 줄 알았는데 그게 아니라는 걸 알았으니까. 스스로 자기가 죽었다는 기억을 지워버린 거야. 그만큼 마음의 슬픔이 너무 컸던 거지."

연우의 목소리에서 진심이 느껴졌다. 연우는 그 아이들의
아픔을 함께 느끼고 있는 것 같았다. 학교에서 아이들에게 재
수 없는 아이로 낙인찍혀 외톨이로 지낼 때는 한 번도 보지
못한 진지한 표정이었다.

"넌 이렇게 사는 거 힘들지 않아?"

"힘들지 않은 곳은 없어."

연우는 그렇게 말하고 몹시 지친 얼굴로 내게 말했다.

"목마르다."

나는 연우와 함께 편의점으로 갔다. 연우가 캔 커피를 사
들고 나왔다. 플라스틱 의자에 마주 앉은 우리는 한참 동안
아무 말도 하지 않았다.

"나한테 왜 이런 걸 보여준 거야?"

"……."

"내가 자살할까 봐?"

"……."

연우는 아무 말이 없었다. 그저 나를 물끄러미 바라볼 뿐
이었다.

"걱정 마. 나 안 죽어!"

나는 연우에게 말해주었다. 하지만 연우의 표정과 눈빛은 조금도 변하지 않았다. 여전히 내가 자살할까 봐 걱정하는 눈빛이었다.

"걱정 말라니까? 내 성적은 겨우 반 평균이라고. 성적 때문에 자살하는 건 전교 등수에서 노는 애들이지. 나 같은 애는 성적 때문에 안 죽어."

하지만 연우의 표정은 여전했다.

"내가 외톨이 왕따라서?"

"……"

"내가 규철이에게 무시당하고 얻어맞은 건 사실이지만 난 당하고만 살진 않았어. 힘이 없어서 맞았을지언정 비굴하게 머리까지 숙이진 않았다고. 그랬으면 내가 자전거 체인으로 복수할 생각을 했겠어?"

"알아. 넌 그런 일로 자살할 만큼 약한 애가 아니라는 거."

연우가 캔 커피를 쓰레기통에 농구공처럼 던지며 말했다. 텅 하는 소리가 메아리처럼 울렸다. 쓰레기통 옆에서 몸을 도사리고 있던 고양이가 꼬리를 곤추세웠다.

"근데 왜 그런 눈빛으로 보는데?"

"넌 너무 착해."

연우가 말했다.

내가 착하다고? 나는 헛웃음이 나왔다. 연우는 뭔가 단단히 잘못 알고 있다. 난 절대로 착한 아이가 아니다.

그날도 난 아빠의 가슴에 비수 같은 말을 던졌다. 몇 날 며칠을 하루도 빠지지 않고 술에 취해 들어온 아빠가 식탁에 모인 가족들 앞에서 입을 열었다.

"나…… 아무래도 회사에서 짤릴 것 같아."

엄마는 아무 말도 하지 않고 숟가락을 든 채, 부글부글 끓고 있는 된장찌개 뚝배기만 물끄러미 바라보고 있었다.

며칠 후 아빠는 식탁에서 또 이렇게 말했다.

"전원 해고래."

엄마는 숟가락을 내려놓고 깊은 한숨을 내쉬었다. 식탁에 놓여 있는 화분의 꽃은 시들어 말라가고 있었고 옆에는 각종 고지서들이 쌓여 있었다.

"당분간 집에 못 들어올 거야. 명색이 노조 간부인 내가 복직투쟁에 빠질 순 없잖아?"

그리고 며칠 뒤에 엄마는 아빠의 전화를 받았다. 엄마는 한동안 멍하게 있다가 내게 말했다.

"아빠 회사가 없어졌다는구나."

나는 그 말이 무슨 뜻인지 이해할 수 없었다. 내가 태어나기 전부터 아빠는 그 회사에 다녔다고 했다. 초등학교 때는 아빠가 일하는 공장에도 몇 번 가보았다. 그런데 갑자기 그 큰 공장이 없어졌다니 그게 무슨 말인가 싶었다.

"여기 공장은 폐쇄하고 인도네시아에 새로 공장을 짓는대."

"왜?"

"거기 임금이 훨씬 싸니까."

보름쯤 후에 아빠가 냄새나는 빨랫감을 싸 들고 집에 돌아왔다. 아빠는 면도를 하고 새 옷으로 갈아입고 다시 가방을 싸 들고 나가려고 했다.

"어디 가?"

"공장에."

"회사가 통째로 없어졌다며? 그럼 게임 끝난 거잖아? 뭐하러 거길 가?"

나는 아빠를 이해할 수 없었다. 이젠 다른 직장을 알아보고 빨리 새로운 곳에 취직해야 할 것이 아닌가? 그런데 아빠는 복직투쟁이라는 걸 하러 간다고 했다. 엄마와 나는 그런 아빠를 뜯어말렸다.

"당신은 다른 기술 있으니까 딴 데 취직하면 되잖아?"

"나만 살자고?"

아빠는 이미 결심을 굳힌 것 같았다. 엄마는 땅이 꺼져라 한숨을 쉬었다.

"그럼 우린?"

"……."

"우린 어쩌고? 월급 없이 어떻게 버텨? 뭐 먹고살라고?"

"미안해. 여보. 조금만 더 참고 기다려줘. 다 잘될 거야."

아빠는 그렇게 말하고 동료들이 있는 공장으로 돌아갔다.

얼마 후 엄마는 아빠 앞에서 쓰러졌다. 회사에서 노조를 상대로 손해배상청구소송을 걸었다고 했다. 복직투쟁 때문에 회사가 입은 손해를 아빠를 비롯한 노조원들이 갚아야 한다는 것이었다. 소송 금액이 무려 100억이 넘는다고 했다.

아빠는 엄마에게 서류상으로라도 이혼을 해야 한다고 했

다. 재판에서 지면 엄마도 빚을 떠안게 될 테니까.

"아빠 이기적이야! 한심해! 나빠! 다른 아빠들은 돈도 잘 벌고 집에서도 잘하는데 아빠 뭐야?"

나는 화가 나서 아빠를 몰아붙였다. 아빠는 고개를 푹 숙이고 아무 말도 하지 않았다. 아빠의 까칠한 얼굴엔 수염이 돋아나 있었다. 너무 굵어 마치 안에서 찌르고 나오는 아픔 같기도 했지만 난 모른 척했다.

규철이가 돈을 빼앗으려 할 때도 내 주머니엔 돈이 없었다. 단돈 천 원이 없어서 맞아야 했다. 규철이는 내 옷을 빼앗아 쓰레기통에 버렸다. 그런 후진 옷은 걸레라고 비웃으면서.

그래도 난 참았다. 애들이 학원가기 싫다고 할 때도 나는 겉으론 고개를 끄덕였지만 속으론 부러웠다. 나도 학원만 보내주면 지금보다 훨씬 좋은 성적을 받을 수 있을 거라 생각했다. 하지만 엄마는 적금과 보험도 해지했고 당장 전기세 수도세 낼 돈도 없다고 했다.

난 정말 아빠가 한심했다. 왜 아빠는 다른 아빠들처럼 잘나지 못할까? 자기 가족도 챙기지 못하면서 동료들을 챙기려는 것일까? 그건 주제넘는 짓 아닌가? 왜 하필이면 난 이런 한심한 집에 태어났을까?

내가 규철이에게 얻어터지듯 아빠는 경찰과 용역 깡패들에게 개처럼 처맞았다. 나는 아빠가 얻어터지고 질질 끌려가는 모습을 멀리서 지켜보았다.

아빠가 가족보다 더 사랑했던 회사 동료라는 아저씨들이 아빠를 구해주지 않았으면 아빤 몇 군데 더 부러졌을 것이다. 판다처럼 얼굴이 멍투성이가 되어 코에 휴지를 말아 박은 채 끙끙거리고 있는 아빠가 내게 등을 까고 파스를 붙여달라고 했다. 아빠는 나를 보며 웃었다. 그 웃음이 정말 꼴 보기 싫었다. 나는 원망이 가득한 눈으로 아빠의 상처투성이 몸을 쏘아보다가 파스를 바닥에 던져버렸다. 끈적끈적한 파스가 바닥에 척 달라붙었다. 그 꼴이 딱 아빠 같다는 생각이 들었다. 나는 거칠게 문을 쾅 닫고 나와버렸다.

이런 내가 착하다고? 연우는 의자를 뒤로 젖힌 채 아직도 나를 물끄러미 바라보고 있었다. 연우만이 아니라 아까부터 저 고양이도 재수 없게 나를 노려보고 있었다. 나는 고양이에게 눈썹을 찡그리며 고개를 쑥 뺐다. 고양이가 주춤 뒤로 물러섰다.

"엄마 보고 싶지 않아?"

연우가 말했다.

갑자기 마음이 찌르르하고 아팠다. 엄마, 불쌍한 엄마.

아빠와 서류상으로 이혼한 엄마는 돈을 벌기 위해 일하기 시작했다.

처음엔 엄마 친구가 하는 치킨집에서 닭 튀기는 일을 돕기로 했다. 엄마 손은 하루가 다르게 벌겋게 익어갔다. 기름이 튀어 군데군데 흉이 졌다. 엄마 손이 잘 튀겨진 닭처럼 보일 때쯤, 엄마는 가게에 나가는 일을 그만뒀다. 장사도 잘 안 되는데 놀면서 월급 받는 게 미안해서라고 했다.

엄마가 두 번째로 취직한 곳은 학교 급식을 만드는 회사였다. 살림만 하던 엄마는 조리사나 영양사 자격증 같은 게 없었다. 아무런 경력도 없는 엄마는 하루 종일 설거지와 온갖 잡일을 해야만 했다. 엄마 몸에서 날마다 파스 냄새가 났다.

엄마의 귀가 시간이 점점 늦어지더니 집에 안 들어오는 날이 많아졌다. 어쩐지 불안한 느낌을 떨쳐버릴 수 없었다.

엄마가 가끔 통화하던 학교 동창이라는 아저씨 생각도 났다.

나는 엄마가 일하는 곳으로 찾아갔다. 조리실에서 일을 마친 엄마가 나왔다. 엄마는 나를 보더니 놀란 듯 걸음을 멈췄다. 엄마는 자꾸만 내 시선을 피하려고 했다. 그 느낌이 점점 이상했다.

"엄마. 집엔 왜 안 와?"

"……그럴 일이 있었어."

"힘들지."

"당연한 걸 뭘 물어?"

나는 성적표를 꺼내 엄마에게 주었다. 전보다 몇 등 오른 성적표였다. 엄마는 힐끗 보더니 아무 말도 없이 내게 돌려주었다.

"반응이 별로네?"

"그래봐야……."

엄마 말이 맞다. 이 정도 성적이라면 내 앞날도 뻔하다. 고작 반에서 몇 등 오른 것으론 아무 의미가 없다. 더구나 우리 집은 지금 이런 걸로 기뻐할 상황이 아니다.

"가자."

나는 엄마 손을 잡고 집으로 가려고 했다. 하지만 엄마는 그 자리에 선 채 움직이지 않았다. 엄마의 시선이 저쪽을 향하고 있었다. 어떤 아저씨가 승용차 옆에 서서 엄마를 기다리고 서 있었다.

　"누구야?"

　"……."

　"엄마 기다리는 것 같은데?"

　"……."

　"집에…… 그래서 안 온 거야?"

　"……."

　"어, 엄마. 진짜 이혼한 거 아니잖아? 서류상으로만 그런 거잖아?"

　내 목소리가 점점 높아졌다. 그러자 엄마가 정색을 하고 나를 보며 말했다.

　"엄마도 참을 만큼 참았어. 근데…… 힘들어. 네 아빠랑 사는 거…… 자신 없어."

　"!"

　"엄마도…… 숨 좀 쉬고 살고 싶어. 그러면 안 되니?"

엄마가 고개를 떨궜다. 나는 엄마 손을 놓치고 말았다.

엄마가 나를 버려두고 저쪽으로 걸어갔다. 엄마의 뒷모습이 북처럼 나를 때렸다. 눈앞이 캄캄해졌다. 어둠이 나를 덮어버리는 것 같았다.

나는 집으로 뛰어오면서 생각했다. 엄마는 더럽다. 나쁘다. 엄마고 아빠고 다 필요 없다. 다 자기들 생각밖에 안 하는 이기주의자들이다.

"넌 너무 착해."

연우가 또 헛소리를 했다. 나는 속에서 울컥 화가 치밀었다. 하지만 나를 바라보는 연우의 눈빛이 아련하게 내 마음에 젖어왔다.

그래, 어쩌면 나도 완전히 나쁜 애는 아닌지 모른다. 내가 자살을 결심한 이유는 엄마 아빠의 부담을 덜어주려는 것이었으니까.

아빠 혼자 소송 제기를 당한 것은 아니니까 아빠가 갚아야 할 돈이 100억 원은 아니겠지만, 사람 수대로 나눈다고 해도 아빠는 몇 억의 빚을 짊어져야 한다.

말이 억이지, 아빠 월급을 평생 모아도 그 돈은 못 모을 것이다. 평생토록 일하면 일하는 대로 빚 갚는 데 써야 한다. 하늘을 두 어깨로 떠받치는 형벌을 받은 아틀라스도 그만큼 힘들진 않을 것이다.

그리고 나는 또 생각했다. 아이 하나를 낳아서 대학까지 보내려면 2억 원이 넘는 돈이 든다고 했다. 지금 나는 중2니까 조금, 아니 왕창 깎아도 앞으로 1억이 넘는 돈이 든다.

지금 형편으로는 앞으로도 계속 학원이나 과외는 생각도 못 할 것이고 결국 좋은 대학은 못 갈 것이다. 그러면 내 인생은? 변변치 못한 대학이지만 그래도 대학을 나온 아빠도 이렇게 느닷없이 회사에서 잘리는데 대학도 못 나온 나는 어떻게 될지 뻔하다.

취직도 안 되고, 된다 해도 언제 잘릴지 모르는 비정규직

으로 살아야 한다. 어느 개그맨이 말한 것처럼 평생 한 푼도 안 쓰고 숨만 쉬면서 모아도 내가 죽을 때까지 1억을 못 모을 것이다. 어찌어찌해서 아무 데나 취직해 돈을 번다 해도 빚더미에 시달리는 아빠와 엄마를 모른 척할 순 없을 것이다.

절망적이다.

하지만 만약에, 내가 없어진다면? 그땐 사정이 다르다. 적어도 나한테 들어갈 돈 2억 원은 아빠와 엄마에게 벌어주는 셈이다.

그러니까 어쩌면 연우 말이 맞는지도 모른다. 난 아주 나쁜 놈은 아니다. 난 적어도 아빠나 엄마처럼 이기적이진 않았다.

"하지만 넌 겁쟁이야."

연우가 아까와 똑같은 눈빛으로 나를 바라보며 말했다.

"뭐?"

"2억이 들어간다는 거 뻥이야. 꼭 학원에 돈 처바르면서 살아야만 해? 대학 등록금은 부모한테 받아야만 해? 안 그렇게 살 수도 있거든?"

"!"

"방문을 열고 나오면 현관문이 있지. 현관문을 열고 나오면 엘리베이터 문이 있고. 사람은 문을 열면서 사는 거야. 문 하나를 열면 또 다른 문이 나오고 그 문을 열면 또 다른 문을 열어야 해. 어떤 문이 기다릴지는 아무도 몰라. 그 문을 열고 나가면 또 어떤 세상이 기다리고 있을지도 모르고."

"……."

"죽음의 문을 열면 뭐가 기다리고 있을 것 같니?"

"!"

미연이가 떠올랐다. 창고 안에 있던 1학년 녀석도 떠올랐다. 학교 안에 떠돌고 있던 영혼들. 죽어서도 변한 게 없는 영혼들.

"하지만 네가 그런 생각을 하는 거 탓하고 싶진 않아. 하루에 40명이 자살하는 나라잖아. 애들 자살한다고 걱정하지 말고 어른들부터 잘하라고 해야지. 얼른 아빠한테 가봐."

"아, 아빠?"

"자살할지도 몰라."

"!"

나는 벌떡 일어났다. 의자가 뒤로 넘어졌다. 고양이가 놀라 담장 위로 튕겨 올라갔다.

아빠의 회사는 전에도 몇 번 가본 적이 있었다. 가족이 함께 참가하는 체육대회 때였다. 그때는 엄마 손을 잡고 들뜨고 신난 기분이었다.

하지만 지금은 달랐다. 버스는 느리게 가는 것 같고 길은 꽉꽉 막혀 뚫리지 않았다. 아빠에게 아무 일도 없기를 간절히 바라면서 두근두근 뛰는 가슴을 진정시켜야만 했다.

버스에서 내려 회사 정문을 향해 뛰어가던 나는 걸음을 멈추고 말았다.

저건, 뭐지?

공장 건물 뒤쪽에 송전탑이 보였다. 송전탑에는 울긋불긋한 현수막이 걸려 있었다. 송전탑 중간엔 마치 미루나무의 까치 둥지 같은 것이 걸려 있었다. 거기서 누군가 시위를 하고 있는 것 같았다.

공장 근처엔 전경 버스가 진을 치고 있었고, 정문 앞쪽에는 천막들이 보였다. 일렬로 줄지어 서서 현수막을 든 사람들은 모두 마스크를 쓰고 검은 옷을 입고 있었다.

그리고 하얀 국화꽃들. 검은 액자에 담겨 있는 영정과 향이 피어오르는 향로가 보였다. 흰 무명옷을 입은 사람들이 슬픈 얼굴로 앉아 있었다.

나는 온몸이 사시나무 떨리듯 했다. 가까이 다가갈수록 눈앞이 뿌옇게 흐려졌다. 설마, 아빠가? 나는 눈을 비비고 자세히 봤다.

아빠가 아니다.

안도의 숨을 내쉬는 것도 잠깐, 어느새 뒤따라온 연우가 내 어깨에 손을 얹으며 말했다.

"아직 안심하긴 일러."

"?"

"아빠도 저 아저씨의 뒤를 따라갈 생각을 하고 있을 거야."

"!"

나는 사람들 틈을 비집고 공장 안으로 들어갔다. 노조 사무실을 찾아야 했다. 텅 빈 공장 안에는 '직장폐쇄철회' '노조탄압중지' '손해배상소송철회' 등의 현수막이 눈앞에서 펄럭였다.

숨이 턱에 차오를 때까지 계단을 뛰어오른 나는 마침내 노조 사무실을 찾았다. 급히 문을 열고 들어간 나는 소스라치게 놀랐다.

아빠가 천장을 물끄러미 바라보고 서 있었다. 천장에는 하얀 줄이 걸려 있었다. 끝은 올가미 모양이었다.

"아, 아빠!"

아빠는 전보다 더 까칠하고 수척해진 얼굴로 줄만 바라보고 있었다.

아빠가 줄 밑에 옮겨둔 의자에 한 발을 올리려고 했다.

"안 돼!"

아빠의 동작이 멈칫했다. 나는 무슨 말을 해야 할지 몰라 가슴이 터질 것만 같았다.

"아, 아빠. 내가 잘못했어. 아빤 한심하지도 않고 무능하지도 않아."

"……."

"무조건, 무조건 살아야 돼. 아빠한테 돈 벌어오란 소리 안 할 거야. 죽으면 안 돼. 내가 아빠를 지킬게!"

"……."

"아빠!"

나는 온 마음의 힘을 다해 아빠에게 소리쳤다. 눈물이 쏟아졌다. 아빠는 의자에 한 발을 올린 채 굳어버린 듯 가만히 서 있다가 천천히 발을 내렸다. 그리고 그대로 무너지듯 주저앉았다. 아빠의 고개가 앞으로 푹 꺾였다. 아빠의 등이 흔들리고 있었다. 아빠는 서럽게 울기 시작했다.

규철이네 집은 불이 꺼져 있었다. 나는 며칠째 주머니 속에 넣고 다니던 새살이 돋게 하는 연고를 만지작거렸다. 아빠가 문 열기를 포기하지 않기로 했다면 나도 그래야 하는 게 아닐까? 나도 규철이라는 문 정도는 가볍게 열어야 하는 게 아닐까? 규철이네 집 대문 앞에 서서 나는 한참 고민을 했다. 나를 그토록 괴롭힌 녀석이지만 자전거 체인은 너무했다 싶었다. 어쩌면 규철이도 나처럼 죽고 싶을 만큼 힘든 일이 있었던 건 아닐까 하는 생각도 들었다. 몇 번이나 초인종을 누를까 말까 할 때였다. 규철이의 방에 불이 꺼졌다. 나는 주머니 속에서 만지작거리던 연고를 꺼내 우편함에 넣었다. 나중에 규철이가 본다면 내가 넣어둔 거라고 알아챌까? 몰라도 상관없다. 어차피 내 앞에 놓인 문을 열어야 하는 건 나니까.

조금은 가벼워진 마음으로 아파트로 돌아왔다. 현관 계단을 올라가는 순간 엘리베이터 앞에 서 있는 엄마의 모습이 보였다. 엄마는 잡아끄는 가방을 한 손에 쥐고 있었다.

엄마가 돌아왔다!

갑자기 내 마음에 불이 켜지는 것 같았다. 벨 소리와 함께
엘리베이터 문이 열렸다. 하지만 엄마는 그대로 서 있었다.

엄마는 아직도 망설이고 있는 것 같았다. 엘리베이터 문이
닫혔는데도 그대로 서 있었다. 엄마는 다시 버튼을 눌렀다.
문이 열렸는데도 버튼을 누른 채 그대로 서 있었다. 나는 마
음속으로 아직도 갈등하고 있는 엄마를 응원했다. 엄마 돌아
와. 나와 아빠를 위해서. 우린 가족이잖아.

내 마음의 응원을 들어서였을까? 엄마가 마침내 결심한 듯
엘리베이터 안으로 한 발을 내디뎠다. 엘리베이터가 엄마를 신
고 올라가자 나는 비로소 계단으로 뛰어 올라가기 시작했다.

현관문을 열고 들어가자 집안에서 된장찌개 냄새가 났다.
엄마는 저녁밥을 차리고 있었다. 식탁 위에 보글보글 끓는 된
장찌개 뚝배기가 올랐다. 뜨거운 김이 모락모락 나는 밥공기
세 개와 수저가 가지런히 놓였다. 엄마는 단정한 자세로 식탁
의자에 앉았다. 아주 오래전 식탁에 가족이 모여 앉아 웃고
떠들며 밥을 먹던 때가 떠올랐다. 그때의 웃음소리가 환청처

럼 들리는 듯했다.

"어서 먹자. 아빠는 오늘 못 오실 거야."

엄마가 나지막한 목소리로 말했다.

"응."

나는 엄마의 맞은편에 앉았다. 아빠 일은 모르는 척하는 게 좋겠다고 생각했다. 아빠도 이젠 문을 열고 나갈 힘이 생겼을 테니까. 수저를 들려고 하는 순간, 말라버린 화분 옆으로 하얀 봉투가 보였다. 나는 아차 싶었다. 엄마가 눈치채지 못하게 치워야 한다고 생각했다. 하지만 엄마는 벌써 하얀 봉투를 집어 들고 안에 들어 있는 것을 꺼냈다.

"미, 미안해. 엄마가…… 엄마가…… 정말 미안해."

엄마가 흐느껴 울기 시작했다. 서럽게 울고 또 울었다. 나는 이해할 수가 없었다. 왜 이렇게 울지?

엄마의 손에 쥐어져 있는 유서, 그것은 진짜 유서가 아니었다. 그날 밤, 나는 몇 번이나 유서를 쓰다가 찢기를 반복했다. 그러다 서랍 속에 굴러다니던 무료 웹하드 이용권을 발견했다. 백화점 상품권 혹은 수표처럼 생긴 그것을 보자 나는 나도 모르게 펜을 꺼내 손으로 금액을 썼다. 무려 2억 원.

그러니까 그건 2억 원짜리 가짜 수표였다. 그래 놓고는 나도 모르게 허탈한 웃음이 나왔다. 이게 진짜였다면 얼마나 좋을까. 하지만 내가 없어지면 그만큼 엄마 아빠에게 벌어주는 셈이니까 아주 헛것은 아니라고 생각했다. 나는 그것을 유서 삼아 하얀 봉투에 담아 식탁 위에 올려놓았던 것이다. 그땐 미처 생각하지 못했다. 나중에 내가 죽은 뒤에 그것을 보면 엄마 아빠 마음이 얼마나 아플지.

"울지 마, 엄마. 그냥 장난이야. 내가 진짜 죽었으면 큰일 날 뻔했네."

나는 손을 내밀어 엄마의 손을 잡으려고 했다. 하지만 내 손은 엄마의 손등을 지나 식탁 밑으로 푹 꺼졌다. 마치 안개를 만지는 것처럼 아무런 감촉도 없이.

"!"

나는 가슴이 철렁 내려앉았다. 자세히 보니 내 몸이 식탁의 앞부분을 먹어 들어가 있었다. 나는 소스라치게 놀라 벌떡 일어났다. 이건 뭐지? 어째서 이런 일이? 엄마는 내가 보이지도 들리지도 않는 것이다. 엄마는 지금까지 혼잣말을 하고 있었다.

나는 한 대 얻어맞은 것처럼 멍해졌다. 내가 꿈을 꾸고 있는 건가? 아니면? 갑자기 머리가 어지러웠다. 가슴을 때리듯 섬광처럼 지난 순간들이 떠올랐다. 책상에 엎드려 텅 빈 내 책상을 물끄러미 바라보고 있던 규철이. 이미 죽어버린 내 영혼을 느끼고 카랑카랑 울던 편의점 앞의 고양이. 텅 빈 노조 사무실에서 혼자 목을 매려다 흐느껴 울던 아빠. 엘리베이터가 무서워 차마 타지 못하던 엄마. 혼자서 아빠와 내 밥까지 차려놓고 혼잣말을 하다가 울음을 터뜨린 엄마.

엄마는 아직도 내가 만든 그 가짜 수표를 쥐고 서럽게 울고 있었다. 나는 엄마를 안아주려고 했다. 하지만 안을 수 없었다.

아파트 현관 앞에서 연우가 나를 기다리고 있었다. 편의점에서 나를 바라보던 바로 그 눈빛, 미연이를 바라보던 그 눈빛, 창고 안의 아이를 바라보던 바로 그 눈빛으로 연우는 나를 바라보았다. 그리고 안타깝고 쓸쓸한 목소리로 말했다.

"이젠…… 너도 그만 돌아가야지?"

"내, 내가 언제 그렇게 된 거야?"

"그날 밤, 옥상 문이 잠겨 있자 넌 한참 고민을 하다가 복도 난간으로 갔어. 그리고…… 허공을 밟은 거야."

연우가 고개를 숙였다. 그리고 길고 하얀 손가락으로 알전구 하나를 내밀었다. 나는 떨리는 손으로 전구를 받았다.

갑자기 슬픔이 복받쳐 올랐다. 아아, 지금이라도 돌이킬 순 없을까? 죽어서 해결되는 게 없다면, 살아서도 괴롭고 죽어서도 괴롭다면, 그냥 살아서 버티는 건데.

손에 쥐고 있던 알전구에 눈물이 떨어졌다. 전구가 마치 마법처럼 저절로 환하게 켜졌다. 빛은 점점 밝아져서 내 얼굴을 비추고 연우의 얼굴을 비췄다. 주변의 나무들까지 따뜻하게 노란빛으로 물들이며 알전구 속의 필라멘트는 온 힘을 다해 빛을 뿜어내고 있었다.

조용한 식탁

작가의 말

전구 속의 필라멘트는 얇고 가는 선이지만 2000도가 넘는 고온에도 변형되지 않고 끊어지지도 않는다. 오히려 스스로의 저항값을 높여가며 빛을 뿜어내고 어둠을 밝힌다. 나는 우리 청소년들이 필라멘트처럼 어떤 악조건 속에서도 끝까지 버텨주기를 바란다. 내면의 저항값을 높여주길 바란다. 노란 백열전구 하나가 어둠을 밀어내고 주변을 따뜻한 색으로 물들이듯 따뜻한 영혼을 갖길 바란다.

살아간다는 건 끊임없이 문을 열고 나가는 일의 무한 반복이다. 하나의 문을 열면 또 다른 문이 기다리고 있다. 열고 나간 문으로 다시 돌아오기 위해서도 문을 열어야 한다. 문제는 지치지 않고 열어젖히는 힘이다. 신자유주의 시대는 섣부른 희망을 허용하지 않는다. 냉정하게 말해서 일단은, 살아서 버티는 수밖에 없다는 것이다. 그 어떤 희망도 살아 있을 때라야 가능하니까.

이병승
1989년 『사상문예운동』에 시를 발표하면서 등단했다. 경남신문 신춘문예, 푸른문학상, 눈높이아동문학상 등을 수상했다. 작품집으로 『톤즈의 약속』 『여우의 화원』 『차일드 폴』 『빛보다 빠른 꼬부기』 『난 너무 잘났어』 『잊지 마, 살곳미로』 『달리GO』 『초록 바이러스』 등을 냈다.

괴물에 관한 보고서

홍명진

경기 북부 지역에 위치한 Y고등학교 2학년 이모 양이 학교 5
층 복도에서 창문으로 뛰어내려 스스로 목숨을 끊었다. 이 양이
18일 0시 20분께 투신한 정황이 교내에 설치된 CCTV에 잡혔다.
이 양을 처음 발견한 경비원 박 아무개(55) 씨는 새벽 4시쯤 교내
순찰을 나섰다가 중앙 건물 앞에 피를 흘리며 쓰러져 있는 이 양
을 발견하고 경찰에 신고했다고 한다.

　경비원 박 씨는 "보통 야간자율학습이 끝나면 담임교사가 학
생들의 하교 지도를 하고 30분쯤 후에 각 교실을 점검한 뒤 당직
경비가 소등하고 교문을 잠근다"며 그때까지도 아무 이상이 발견
되지 않았다고 했다. 경찰은 이 양이 한 시간여 동안 학교 내 다
른 장소에 숨어 있다가 일을 벌인 것으로 보고 정확한 경위를 조
사 중이다.

　한편 학교 측에서는 이 양이 평소 내성적이고 차분한 아이였으
며 중상위권에 들 만큼 성적이 좋았지만, 최근 실시한 중간고사
에서 성적이 큰 폭으로 떨어졌다고 했다. 또한 이 양이 '정서·행
동 선별 검사'에서 고위험군으로 분류돼 외부에서 들어오는 상담

교사를 통해 상담 치료를 받아왔다고 밝혔다.

경찰은 이에 이 양이 평소 앓아오던 우울증에 성적을 비관해 자살한 것으로 본다며 "내가 사는 세상은 괴물 같다. 더 좋은 세상에서 다시 태어나고 싶다"는 이 양의 유서를 공개했다.

—○○일보 조미향 기자

이송희는 그날 야간자율학습이 끝난 뒤 복도 끝 화장실에 들어가 4층 복도가 조용해질 때까지 시간을 보냈다. 경비 아저씨가 소등을 한 후 캄캄해진 복도를 더듬어 나온 이송희는 일주일 전부터 미리 복사해 주머니에 넣고 다니던 교실 열쇠로 문을 따고 들어갔다. 교실에 들어찬 어둠은 집으로 돌아간 아이들의 눌린 숨소리가 차곡차곡 쌓여 있는 듯 공기의 밀도가 높았다. 창문을 열고 싶었지만 이송희는 교실 한가운데 자기 자리에 앉아 까맣게 번들거리는 유리창을 한참 동안이나 바라보았다. 아무것도 보이지 않았다. 깊어가는 어둠의 무늬가 손가락으로 만져질 듯했으나 눈이 어둠에 익자 교실 안은 움푹 팬 듯 가라앉았다.

이송희는 매번 가장 늦게 교실을 나섰다. 반 아이들과 뒤섞여 우르르 교실을 나가고 싶지는 않았다. 최대한 마지막까지 남았다가 조용히 학교를 나섰다. 집이 아닌 딴 곳으로 가고 싶다는 마음이 들었지만 집 말고는 달리 갈 데도 없었다. 아빠가 술을 마시지만 않으면 집은 고요했지만 그런 날은 드물었다. 한동안 술을 끊었던 아빠는 일자리를 잃게 되자 다시 술을 마시기 시작했다. 아빠는 술에 취하면 세상일이 마음대로 되지 않는다며 식구들을 괴롭혔다. 술이 깨고 나면 언제나 잘못했다고 사과했지만 말뿐이었다. 세상이 마음대로 안 된다는 아빠의 마음을 이해하다가도 그런 일이 되풀이되면 아빠를 견딜 수 없었다. 이송희는 이번 중간고사에서 성적이 크게 떨어져 1학기 내내 공부했던 특별 학습실에도 들어갈 수 없게 되었다. 아빠 때문이라고는 할 수 없지만 아빠가 원망스러웠다. 이송희는 조용히 혼자 생각하고 공부할 수 있는 방이라도 있으면 좋겠다고 생각했다. 하지만 남동생과 따로 쓸 수 있게 방이 세 개짜리인 집으로 이사 갈 수 없다는 걸 누구보다 잘 알았다.

Y고등학교는 2, 3학년을 대상으로 전교 1등부터 50등까지 들어갈 수 있는 특별 학습실이란 걸 운영했다. 중간고사와 모의고사 합산 점수에 의해 등수가 정해지면 학년별로 50명씩

야간자율학습 시간에 따로 모였다. 2학년 전체 428명 중에서 선택된 아이들은 교실보다 한층 긴장되고 빡빡하게 고조된 고요함 속에서 공부에 임했다. 특별 학습실을 목표로 한 학생들의 보이지 않는 경쟁은 열세 개의 교실에서도 벌어지고 있었다. 이송희는 수학이 문제라고 생각했다. 나름대로 시험 준비를 했지만, 이젠 혼자 힘으로는 따라갈 수가 없었다. 수학 한 과목만 과외를 받을 수 있다면 자신감이 생기겠는데 엄마에겐 말도 꺼낼 수가 없었다. 엄마도 아빠 때문에 많이 지쳐 있다는 걸 알기 때문이었다. 다음엔 성적을 더 올려야 특별 학습실에 들어갈 수 있는데 점점 더 자신이 없어졌다. 아니, 다시는 못 들어갈 것 같다는 불안감이 엄습했다. 교실에 남아 자율학습을 하다가도 문득 특별 학습실에 간 아이들의 빈자리를 볼 때면 이송희는 의기소침해져서 공부할 맛을 잃곤 했다. 교실에 남아 자율학습을 하는 아이들은 자칭 잉여 인간이라고 떠들어댔다. 잉여 인간들은 특별 학습실 운영에 대해 씹고 까불어대긴 했지만, 그런 애들도 특별 학습실에서 공부하게 되면 교실에 남아 있는 아이들에게 우쭐한 기분을 느꼈다. 보이진 않았지만 아이들 사이엔 분명하게 그어진 선이 있었다.

이송희는 공부를 잘하고 싶었다. 성적을 올려야만 특별 학습실에 들어갈 수 있고, 특별 학습실을 지키고 있다는 건 자신이 원하는 대학에 갈 확률도 높아진다는 이야기였다. 그렇잖아도 엄마는 등록금도 비싼데 하는 듯 마는 듯 공부해서 어쭙잖은 데 갈 거면 대학은 꿈도 꾸지 말라고 했다. 이송희는 이번 중간고사 성적을 엄마에게 말조차 꺼내지 못했다. 밤에 잠이 오지 않았다. 술 취한 아빠가 언제 불쑥 들어와 자고 있는 동생과 자신을 깨워서 잔소리를 늘어놓을지 불안했다. 아빠도 세상일이 마음대로 되지 않는다고 세상을 욕하면서 너희들만은 공부해서 제대로 살아야 한다고 했다. 그건 거짓말이었다. 아빠가 아무리 열심히 해도 아빠를 받아주지 않는 세상에 실망해서 방황하고 세상을 원망하듯이, 이송희에게도 학교는 아빠가 사는 세상과 크게 다르지 않았다. 학교에서 집으로 돌아갈 때마다 이송희는 한 걸음씩 천천히, 천천히 걸었다. 무언가가 가슴을 훅 치고 가는 것처럼 다리에 힘이 빠져 걸을 수 없을 때도 있었다. 그깟 성적 별것 아니라고 생각하다가도 아빠를 대하면 울분 같은 게 솟아올랐다. 교실에서 생기발랄하고 자신감 있는 아이들을 보면 지레 움츠러들었다.

이송희는 옆에 아무도 없다는 것에 늘 가슴이 시렸다.

　책상에 팔을 괴고 엎드린 이송희는 순간순간 어둠에 섞인 이물질을 털어내듯 진저리를 치며 자신의 몸속으로 축적되는 어둠을 깊이깊이 빨아들였다. 수업 시간에 깜빡깜빡 빠져들었던 쪽잠이 초코파이 속 마시멜로처럼 다디달았던 기억이 떠올랐다. 달콤하고 따뜻한 품속에 빠져 영원히 세상 밖으로 나오고 싶지 않았다. 집도 학교도, 어쩌면 아무것도 아닐지 몰랐다. 이송희는 좀 더 편하고 길게, 아주 깊고 아늑한, 어떤 불순물도 섞이지 않은 단잠을 자고 싶었다. 마음속에 들끓어오르던 수많은 상념들은 한곳으로 집중되어 이송희를 끌어당겼다.

　그 마음 하나로 이송희는 교실을 나섰다. 난간을 짚고 한 칸 한 칸씩 계단을 오르며 이송희는 자신의 내부에 남아 있던 주먹만 한 두려움이 사실은 아무것도 아니라는 걸 알았다. 등 뒤의 것들은 두렵지 않았다. 눈앞에 닥쳐오는 그 어떤 정지된 사물의 입체도, 순간순간 부딪치는 공기의 움직임도 아무런 의미가 없었다. 이송희는 자신의 책상 위에 놓아둔 한 줄의 문장, 그 문장에 집중했다.

내가 사는 세상은 괴물 같다. 더 좋은 세상에서 다시 태어나고 싶다.

모든 것은 그것이 말해줄 것이다.

이송희가 투신한 토요일 오전 여섯 시, 토요일에도 고2와 고3 전체 특별자율학습을 시행하는 Y고등학교는 각 반 담임들이 학생들에게 단체 문자메시지를 보냈다.

토요일 학교 접근 금지. 긴급 보수공사 중. 특별자율학습 없음.

학교 교문은 폐쇄되었고, 경찰 차량 두 대가 사건을 처리할 때까지 상주해 있었다. 하지만 아무리 입을 막아도 소문은 빠르게 확산되기 마련이었다. 2학년 1반 이송희란 아이의 투신 사실이 Y고등학교 아이들 사이에서 돌기 시작했다.

걔, 성적 비관에다 우울증까지 앓았대. 상담 교사가 치료받으라고 부모한테 얘기도 했다는데, 부모들이 방치했대.

걔네 아빠 알코올중독 환자였다는데 뭐. 정말 우울했겠다.

걔가 쓴 유서는 2학년 1반 담임이 경찰한테 넘긴 거래. 나도 더 좋은 세상에서 태어나고 싶다.

인터넷에 신문 기사 떴어. 경기 북부지역 Y고등학교면 우리 학곤지 모르는 사람이 누가 있어.

근데 긴급 보수공사 중이라는 문자는 대박 아냐? 헐 이런 문자를 보낸 싸가지 쌤은 누구야?

죽은 이송희에 관한 소문은 아이들의 입보다 빠른 스마트폰 속에서 허우적대고 있었다. 이송희가 죽는 장면이 담긴 CCTV를 봤다고 허풍을 치는 아이도 있었고, 죽은 아이의 얼굴이 카카오톡으로 떠다닌다는 소문도 있었다.

장례식은 월요일 오전에 치러져 화장이 이루어졌다. 학교에서 그리 멀리 떨어지지 않은 병원 장례식장 앞엔 Y고등학교 교복을 입은 아이들이 삼삼오오 모여 웅성거렸다.

월요일 아침의 학교는 적어도 겉으로 보기엔 여느 때와 크게 다르지 않았다. 고요하고 평온한 모습이었다. 아이들은 아침 햇살에 반사되어 푸른 물결처럼 울렁거리는 유리창을 바라보며 여느 때와 다름없이 등교했다. 등굣길에 이송희가 떨어졌다는 장소에 아이들이 몰려들었지만 거기엔 아무런 흔적도 남아 있지 않았다. 쉬는 시간과 급식 시간, 심지어 수업 시간에도 아이들 사이에선 이송희에 관한 이야기가 보이지 않는 공기 속에서 기포처럼 퐁퐁 떠다녔다. 2학년 1반 교실 앞엔 아이들이 평소보다 많이 지나다녔다. 지나가는 척하면서 슬그머니 발뒤꿈치를 들어 2학년 1반을 넘겨다보았다. 이송희가 앉았던 책상엔 국화꽃 한 다발이 놓여 있었다. 아이들에 둘러싸여 있는 국화꽃은 외로워 보였다.

조례 시간에 각 반 담임들은 학교에서 일어난 일에 대해 간략하게 이야기했다. 근거 없는 소문을 만들어 학교 분위기를 이상하게 만들지 말고, 성실하게 자기 할 일을 하라고 했다. 수업 시간에 교과 담당 선생들 중 누구도 이송희에 관한 이야기를 꺼내지 않았다. 아이들은 궁금증을 문 채 뒤숭숭한 시간을 보냈다. 간혹 아이들 중엔 눈치도 없이 선생님에게 질문이 있다고 손을 들었지만, 선생님도 신문 기사 이상으로 아는 게 없으며 진상을 파악하고 있다는 들으나 마나 한 이야기만 돌아올 뿐이었다. 어쩌면 모두 입을 닫고 있으면 저절로 사라질 이야기라고 믿고 싶어 하는 것 같았다.

이송희가 죽은 토요일 아침 여섯 시에 담임으로부터 문자

메시지를 받은 2학년 7반의 강예지는 문자를 확인한 뒤 휴대 폰을 머리맡에 던져놓고 네 활개를 쫙 뻗고 늘어졌다. 학교에 가지 않는다는 사실, 이보다 더한 낭보는 없기 때문이다.

"빨리 안 일어나?"

베개에 코를 박고 뭉그적거리고 있는데 목소리를 하이 톤으로 세워 엄마가 소리쳤다.

"도시락 안 싸도 돼, 엄마!"

예지는 잠꼬대하듯 중얼거렸다. 그 소리를 엄마가 들었을 거라고는 생각하지 않았지만, 마수 같은 잠이 발목을 잡고 깊은 물속으로 끌어당겼다.

"몇 번을 말해야 들어. 학교 안 가?"

엄마가 예지의 방문을 확 열어젖히고 귀청이 떨어져 나갈 정도로 소리쳤다. 아침마다 되풀이되는 일이지만 지긋지긋했다.

"학교 안 간다고."

"왜?"

"학교 오지 말라고 문자 왔어, 쫌 전에."

"뭐?"

"아, 진짜. 왜 그렇게 말을 못 알아들어. 담임이 학교 오지 말렸다고."

"너야말로 엄마 말귀를 못 알아들어. 그러게 왜 안 가냐고?"

이쯤 되면 잠의 마수도 엄마에겐 당해낼 재간이 없었다. 엄마의 얼굴은 아침부터 열꽃이 핀 것처럼 붉게 달아올라 있었다.

"그걸 내가 어떻게 알아. 오늘 학교 긴급 보수공사 한다잖아."

아침부터 예지도 있는 대로 열기가 뻗쳐올랐다. 엄마는 질린 표정으로 입을 실룩거리더니 탕 소리가 나게 방문을 닫았다. 그러곤 방문 앞에서 다시 한 번 짜랑짜랑한 목소리로 소리쳤다.

"암튼 일어나서 밥 먹고 독서실에라도 가라. 집에서 뒹굴거리기만 했담 봐."

예지는 이불을 푹 뒤집어썼다. 엄마의 인내심이 딱 30분이라는 건 알지만, 30분이라도 손에 꽉 움켜쥐고 있을 참이었다. 심장이 벌룽거리는데도 눈꺼풀은 자꾸만 내려왔다. 달콤 쌉싸름한 늦잠. 사실 늦잠이랄 수도 없었다. 고2가 되면서 토요일 특별자율학습령이 내려진 후 평일보다 등교 시간은 30분 늦춰졌지만, 어쨌든 도시락을 들고 꾸역꾸역 학교로 가서 오후 5시까지는 개기고 있어야 했다. 그렇담 일요일은? 일요일의 늦잠도 엄마의 온갖 잔소리와 협박, 회유에 시달리느라 엄마가 깬 뒤에는 단 한 시간도 편히, 곱게 잘 수 없었다. 세상이야 어떻게 돌아가든 말든 꿀잠 한번 자보는 게 예지의 소원이었다. 엄마의 잔소리가 지긋지긋하게 들릴 때면 예지는 '나는 인간이 아니므니다'라는 개그 프로그램 유행어를 백 번쯤은 읊어야 속이 풀렸다.

예지는 엄마가 불에 달군 쇠꼬챙이처럼 벌겋게 달아오를 때마다 꼭지가 돌 것 같았다. 엄마는 돌보지 않아도 쑥쑥 자라는 들판의 곡식처럼 예지 혼자 힘으로 전교 일등이라도 하길 바라겠지만, 예지는 엄마의 바람에 발맞춰주고 싶은 맘이 추호도 없는 자유로운 영혼을 가진 아이였다. 사실은 엄마가 상상하는 그런 일이 절대 일어날 리 없다는 걸 누구보다 자신이 잘 알기 때문이었다. 하지만 엄마만은 그 사실을 절대 인정하려 하지 않았다. 엄마는 자신의 딸이 남보다 더 우월하고 특별하기를 바랐고, 그렇게 될 수 있다고 계속 주문을 걸듯이 예지를 닦달했다. 세상의 모든 부모가 다 그럴지도 모르지만, 얼마나 우스운가. 일등이 있으면 이등이 있고 꼴찌도 있는 법이라는 걸, 한번 일등이 죽을 때까지 일등일 수도 없고 이 세상을 살아가는 사람들이 모두 일등만 하는 게 아니라는 걸 40년 넘게 살고도 모르는 걸까. 아니, 알면서도 모른 척하고 싶은 거겠지.

'아, 자식을 사랑해서'라는 저 착각은 언제쯤 멈출까? 욕심은 종종 사람을 망가뜨리고 누군가를 슬프게 한다는 걸 정말 모르는 걸까?

"나는 인간이 아니므니다."

잠꼬대처럼 중얼거리던 예지는 그제야 엄마가 따져 물었던 '학교 접근 금지'가 무슨 뜻인지 궁금해졌다.

갑자기 웬 긴급 보수공사? 학교에 무슨 일 있어?

예지는 절친 보현이에게 카카오톡을 보내놓고 휴대폰을 쥔 채 마지막 남은 잠을 떨치지 못하고 베개에 얼굴을 푹 파묻고 있었다.

자살했대. 우리 학년이라는데, 것도 몰랐어?

10초도 안 돼 날아온 답.

자살? 잠이 확 달아났다. 갑자기 눈앞이 멍했다.

너네 중학교 출신이라던데? 2학년 1반 이송희 몰라?

예지가 아무런 반응이 없자, 보현이에게서 다시 메시지가 왔다.

'이송희?'

보현이의 메시지를 멍하니 바라보던 예지의 눈에서 눈물이 뚝 떨어졌다. 엄마와 벌였던 좀 전의 신경전이 먼 꿈속 일 같은데 느닷없이 자살이라니!

예지는 중학교 1학년 때 이송희와 같은 반이었다. 이송희는 키가 작은 아이였고, 예지는 키가 큰 편이어서 교실에서도 섞이지 않았다. 초등학생 티를 벗어나려 애썼던 그때는 자신과 맞는 그룹을 만나면 작은 동그라미 안에서 자신의 존재를 확고하게 하려는 자만심으로 철없이 몰려다녔다. 예지가 기억하기에 이송희는 체육 시간이나 단체 활동 시간, 조별 학습처럼 특별히 그룹을 짓는 경우가 아니면 늘 혼자였다. 중학교를 졸업할 때까지 나머지 2년은 같은 반이 된 적이 없어서 이송희가 눈에 띄지도 않았고 관심도 없었다. 고등학교에 들어와서야 예지는 이송희가 같은 고등학교에 진학했다는 걸 알았다.

이송희를 고등학교에서 처음 만난 건 1학년 2학기 때였다. 중학교 때보다 전 학년 수가 훨씬 많았고, 1학년 교실이 1층과 2층에 나뉘어 있어서 눈에 띄지 않았는지도 몰랐다. 이송희는 여전히 키가 작고 볼살이 통통하게 남아 있었다. 그 애는 복도 저쪽에서 걸어오고 있었고, 예지는 그 애를 마주 보며 복도 끝 도서관으로 가던 길이었다. 복도는 창문으로 들어온 햇살로 환했고, 급식실에서 몰려나오는 아이들로 시끄러웠다. 예지는 가까이 다가오는 애가 이송희라는 걸 금방 알아보았다. 물론 이름까지도 선명하게 기억났다. 한 번도 그 애를 떠올려보거나 특별하게 생각해본 적이 없었는데도 느닷없이 그 애와 부딪쳤던 중학교 1학년 때의 체육 시간이 떠오를 정도로.

피구 시간이었다. 예지는 어느 순간 상대 팀의 한 아이와 심하게 부딪쳤다. 공중에 떠 있는 공을 먼저 잡으려고 몸을 기울이던 이송희와 꽝 부딪친 것이다. 예지는 무릎에 생채기가 심하게 났고, 이송희는 넘어지면서 까끌까끌한 모랫바닥에 손바닥을 심하게 긁혔다. 둘은 보건실에 가서 소독약과 연고를 바르고 운동장 벤치에 앉아서 체육 시간이 끝날 때까지 아이들이 피구하는 걸 바라보았다. 적당히 아픈 건 언제나 기분 좋았다. 생리통이나 가벼운 소화불량 같은 걸로 보건실에 누워 있을 때, 내가 바라보는 세상과 내가 담겨 있는 세상이 다르다는 느낌. 예지는 그게 뭔지 정확히는 잘 모르겠지만, 충치를 치료하고 났을 때처럼 묘한 통증을 주는 시간을 통과하면서 성장한다고 생각했다. 그러니 하기 싫은 피구에 동원되어 억지로 운동장을 뛰어다니는 것보다 차라리 무릎에 피가 나서 벤치에 앉아 느긋하게 구경하는 것이 더 재미있다는 거다. 그때 이송희도 자기만의 생각에 빠져 있었던 걸까. 그 애가 불쑥 말했다.

"나는 뛰는 것보다 가만히 앉아서 보는 게 더 좋아. 이렇게 바라보고 있으면 책을 읽고 있는 것 같은 느낌이 들거든. 넌 그런 적 없니?"

그때야 예지는 그 아이를 다시 보았다. 작고 통통하고 귀여운 구석이 있었다. 이 애와 친구가 되면 말이 통하겠구나, 생각했지만 어쩐 일인지 이송희와 친구가 되지 못하고 1년이 지나갔다.

이송희는 예지를 보고 알은척도 하지 않았다. "어, 너 이송희······" 하고 벌어지던 예지의 입이 저절로 닫혔다. 그 애는 분명 예지의 얼굴을 똑바로 쳐다보면서도 모른 척 그냥 지나갔다. 예지는 중학교 1학년 때보다 키가 6센티미터나 더 컸고 볼에 남아 있던 젖살도 빠져 홀쭉했다. 아무리 그래도 그렇지. 얘가 나를 무시하나? 재수 없어. 예지는 분한 마음을 삭이지 못해서 교실로 돌아와 친구에게 투덜거렸다. 복도에서 중학교 동창을 만났는데, 그 애가 나를 무시하고 지나치더라고. "걔가 널 못 알아본 거겠지." 친구가 하는 말에도 뗬은 마음이 풀어지지 않았다. 이송희는 분명 예지가 알은척하려고 짓는 표정까지도 봤을 텐데 말이다.

한 번 마주친 뒤에는 유난히 이송희가 자주 눈에 띄었다. 특별 학습실에서는 여러 번 마주쳤는데도 여전히 이송희는 예지를 모른 척했다. 그 후론 예지가 먼저 이송희를 무시했다. 적당한 거리 유지가 안 된다면 아예 모른 척 눈 감아버리는 것. 그게 제일 좋은 방법이었다. 외피가 딱딱할수록 속은 무른, 집게발과 딱딱한 등 껍데기를 가진 게처럼 예지도 그랬다. 그래야만 상처받을 일이 없었다.

그런데 지난주 금요일, 이송희가 죽던 날 밤 예지는 마지막으로 그 애를 보았다. 예지를 쳐다보던 이송희의 눈빛은 분명 예지를 알아보는 눈빛이었다. 더구나 이송희의 눈은 예지에게 무언가를 말하고 싶어 하는 것 같았다.

야간자율학습이 끝나 교실에서 우르르 몰려나가는 아이들 틈에 끼여 있던 예지는 팽팽하게 아랫배가 당기는 것 같았다. 생리가 터진 날에는 다른 때보다 화장실에 들락거리는 일이 잦았다. 그래도 꾹 참고 집에 가서 화장실에 가야지 했는데 참을 수 없었다.

시끄럽던 화장실이 어느 순간 조용해졌다. 물을 내리려고 하는데 옆 칸에서 변기 물을 내리는 소리가 들렸다. 예지는 좀 더 앉아 있었다. 옆 칸 문이 열리고 발걸음 소리가 들렸다. 조금만 더 있다 가야지. 이 시간에 화장실에서 누군가를 마주치고 싶지는 않았다. 그래봐야 기껏 1~2분? 이제 나가면 아무도 없겠지 하고 거울 앞으로 다가갔다. 한 아이가 등을 구부린 채 손을 씻고 있었다. 아까부터 그러고 있었던 것처럼 계속해서 손만 씻고 있던 아이가 등 뒤에 누군가 서 있는 걸 느낀 모양인지 고개를 들고 거울을 똑바로 쳐다보았다. 이송희였다. 이송희와 예지의 모습이 엇갈리듯 거울에 비쳤다. 2

학년 1반은 복도 끝에 있는데 왜 바로 코앞에 있는 화장실을 두고 여기까지 왔지? 이송희는 앞머리가 눈을 반쯤 가렸는데 머리칼을 걷어 올릴 생각도 없는지 그대로 거울을 빤히 쳐다보았다. 거울 속의 이송희와 눈이 마주쳤다. 무슨 말인가를 할 듯, 이송희의 입이 묘하게 벌어지면서 얼굴까지 붉게 달아오르고 있었다. 예지가 먼저 말을 걸 수도 있었지만, 눈도 깜빡이지 않은 채 거울 속의 이송희를 바라보다가 돌아섰다. 이송희의 표정은 뭐랄까, 울 것도 같은, 묘하게 기분 나쁜 표정이었다.

이송희가 투신했다는 걸 안 토요일 밤, 예지는 악몽을 꾸었다. 화장실에서 본 이송희가 뒤따라왔다. 박쥐 날개 같은 커다란 그림자가 덮쳐오는데 뒤를 돌아보고 싶었지만 두려워 고개를 돌릴 수가 없었다. 돌아보면 이송희의 휑 뚫린 눈이 예지의 얼굴에 철썩 들러붙을 것만 같았다. 걸음을 빨리할수록 등 뒤에 엉기는 그림자의 무게가 묵직하게 느껴졌다. 예지가 걸어가고 있는 길엔 아무것도 없었다. 집도 사람도 나무도 차도 없는 텅 빈 허공. 예지는 까만 도화지 속을 걸어가고 있었다. 어둠에 둘러싸인 것들이 모습을 드러내주길 간절히 바랐지만 아무것도 보이지 않았다. 두 주먹을 쥐고 뛰기로 작정하고 이를 악물었지만, 눈앞에 펼쳐진 건 거대한 낭떠러지였다. 예지는 눈을 꾹 감았다. 등 뒤에 따라붙은 그림자를 떼어내려고 고개를 흔들며 뛰듯이 한 발을 내딛는 순간, 식은땀을 흘리며 잠에서 깼다.

예지는 일요일에 보현이와 함께 이송희의 장례식장으로 찾아갔다. 보현이가 이송희를 알 리 없었지만, 예지 때문에 장례식장에 따라가는 길이었다. 장례식장으로 가는 길에 보현이에게 꿈 이야기를 했더니, 보현이는 "걔가 이송흰 줄 어떻게 알아?" 하며 싱겁게 웃었다. 그건 그냥 느낌으로 아는 거였다.

"이송희가 마지막으로 본 애가 나일 거야. 그래서 꿈속에서도 따라왔던 거지. 내가 그 앨 모른 척했던 게 마음에 걸려. 꼭 죄지은 것처럼."

"그럴 리가. 그건 네 탓이 아니야, 전혀."

보현이의 말에도 예지의 무거운 마음은 풀어지지 않았다.

이송희는 검은 테를 두른 액자 속에서 웃고 있었다. 통통한 볼이 막 부풀기 시작한 빵처럼 희었다. 눈썹까지 내려온

단정한 앞머리를 걷어 올리면 뽀얗게 톡 튀어나온 이마가 보일 것 같은 애. 다행이었다. 학교 화장실에서 마지막으로 봤던 어둡고 우중충한 얼굴이 아니어서. 얼굴도 없이 예지의 꿈속에 나타났던 그 애가 아니어서.

이송희 엄마는 소리도 없이 울고 있었다. 이송희는 엄마를 닮은 것 같았다. 아줌마는 키가 작고 통통했다. 끈으로 묶어 올린 머리는 꽁지가 달랑거릴 정도로 헝클어졌고, 얼굴엔 기미가 가득했다. 슬쩍 돌아서려고 하는 보현이까지 끌어당겨 그 애 영전에 국화꽃을 놓아주고 묵념을 했다. 그래야 마음이 편해질 것 같았다. 이송희 엄마에게 인사를 할 땐 자기도 모르게 손이 떨렸다. 이송희를 그날 밤 화장실에서 봤다는 말은 할 수 없었다.

매주 목요일, Y고등학교 2학년 7반은 7교시 교과 수업이 비어 있었다. 6교시 수업이 끝나면 소그룹으로 나눠서 특별 활동에 들어갔다. 이번엔 열 명씩 그룹을 지어 1그룹은 집단 상담을 받기로 했다. 단짝인 보현이와 1그룹에 속한 예지는 아이들과 함께 징검다리 교실로 향했다.

징검다리 교실은 3층 복도 맨 끝, 계단이 꺾이는 모퉁이의 자투리 공간에 붙여진 이름이었다. 상담뿐만 아니라 특별한 일이 있을 때 학생들이 다용도로 쓸 수 있는 공간이었다. 일반 교실의 3분의 1쯤 되는 공간인데 1층 제2교무실 옆에 있는 상담실보다는 분위기가 훨씬 아담했다.

상담 교사는 주중 이틀간 Y고등학교에 상주하는 파견 교사였다. 특별한 사건이 없는 한, 상담 교사가 연중 기획한 프로그램을 바탕으로 소그룹 수업을 진행했다. 문학 치료라든가, 신체를 이용하는 놀이 치료, 기본적인 미술 용구를 이용해 마인드맵을 그리며 자아를 찾아가는 미술 치료 등은 반응이 좋은 편이었다. 긴장의 연속인 학교생활의 피로감을 적당하게 이완해주는 것이 상담 교사의 역할이었다. 이송희 사건 이후 상담 교사는 2학년 1반 아이들을 세 그룹으로 나누어 집단 상담을 수행했다. 2학년 1반 아이들은 한 교실에서 공부하던 급우에게 그런 일이 발생했다는 것에 충격이 더했지만 큰 문제없이 잘 견뎌내고 있는 것으로 보였다. 하지만 그건 어디까지나 상담 교사의 자의적인 해석인지도 몰랐다. 문제는 항상 보이지 않게 숨어 있는 것이 훨씬 위험한 법이었다.

학기 초에 1, 2학년 전체를 대상으로 '정서·행동 선별 검사' 설문을 진행했었다. 각 반에서 올라온 설문지를 상담 교사는 꼼꼼하게 점검했다. 설문으로 진행되는 검사는 통계자료를 내기 위한 기초 조사에 해당했다. 설문 문항에 체크된 '그렇다, 아니다' 혹은 '매우 그렇다, 조금 그렇다'로 학생들의 세밀한 심리를 알기란 어려웠다. 그들 중 지속적인 관계를 맺으며 상담 치료를 받는 대상이 여럿이었고 이송희도 그들 중 한 명이었다.

상담 교사가 이송희를 마지막으로 만난 건 2학기 중간고사가 끝난 그 주 목요일이었다. 이송희는 중간고사 성적 때문에 의기소침해 있는 듯 보였고, 특별히 다른 점은 보이지 않았다. 이맘때의 아이들은 감정의 기복이 심했고 웬만큼씩 피로감을 달고 살았다. 빠듯한 학교생활에서 오는 수면 부족, 교우 관계라든가, 남자 친구, 가정환경에서 비롯한 부모님과의 대화 단절이나 갈등으로 인한 고민, 늘 기본에 깔려 있는 대학 진학과 연계된 성적 문제 등. 그렇더라도 잃었던 생기의 회복 속도가 빠른 것이 이맘때 아이들이기도 했다. 성장기의 특질 그 자체로 순도 높은 싱싱한 향기를 뿜어내는 아이들의 고민은 그래서 위험스러워 보이면서도 사소한 갈등을 푸는 것으로 해결되기도 했다.

그날 이송희는 두 손을 맞잡고 앉아 상담 교사와는 눈도 맞추지 않은 채 무언가 자기 생각에 깊이 골몰해 있는 듯 보였다. 상담 교사는 이송희가 물질적으로 부족한 환경에서 자란 아이라는 걸 알고 있었다. 아버지의 직업은 불안정했고 어머니는 식당에서 수당을 받아 일하면서 가족들을 건사하고 있었다. 이송희가 학기 초에 적어낸 설문지를 토대로 보면 모든 게 지나치게 부정적인 '정도'에 답을 표하긴 했지만, 직접 상담해본 이송희는 열악한 환경을 잘 견디고 있는 것으로 보였다. 좀 더 깊이 있게 그 아이의 내면과 대면했더라면 막을 수 있었을까. 이맘때의 아이들이 가질 수 있는 좌절과 분노, 혹은 복수심 같은 감정들은 자신을 제어하지 못하는 사소한 것에서 발생할 수도 있지만, 그 사소한 것이 아이에겐 세상 전부와 바꿀 수 있는 무거운 문제가 될 수도 있다는 걸 뒤늦게 깨달았다. 또한 그 아이 힘만으로는 어쩔 수 없는 부분도 있다는 것에 상담 교사는 새삼 무력감을 느꼈다.

"2학년 7반은 한 달 만에 보는 건가? 반갑다. 편하게들 자리 잡고 앉아라."

상담 교사는 아이들에게 자리를 권하며 되도록 편하게 대하려고 했다.

가운데 놓인 둥근 테이블에는 음료수와 미니 초콜릿이 담긴 작은 대바구니가 준비되어 있었다. 아이들이 테이블을 둘러가며 자리를 잡았다. 누구도 선뜻 입을 열지 않았다. 오늘 이 자리에서 어떤 이야기가 나올지 짐작하는 눈치였고, 그랬기에 분위기는 저절로 가라앉았다. 침묵이 흘렀다. 손톱의 거스러미를 뜯거나 손바닥으로 무릎을 비비거나 다른 사람의 눈을 피해 초점도 없이 멍하게 허공을 바라보는 아이들. 침묵의 순간, 징검다리 교실 안의 분위기가 묵직하게 학생들과 상담 교사의 어깨를 누르는 듯했다. 입안에 든 음식물과 침 넘기는 소리가 꼴깍, 하고 들릴 정도였다.

"그 일은 참으로 유감이다. 일어나선 안 될 일인데……."

침묵을 깨고 상담 교사가 먼저 입을 열었다. 예지는 미니 초콜릿 껍질을 까서 입속에 밀어 넣었다. 찐득한 초콜릿이 입천장에 들러붙었다. 아이들은 서로 눈치를 보았다. 사건이 터졌을 때의 불안과 동요는 어느 정도 가라앉았지만 여전히 이송희의 죽음은 아이들의 주변에 맴돌고 있었다. 상담 교사는 천천히 아이들을 둘러보다 다시 입을 열었다.

"오늘은 선생님이 특별히 준비한 프로그램이 없다. 너희들을 보면 무슨 말을 할까 고민했지만, 실은 나도 잘 모르겠어. 내 생각보다는 너희들의 얘기를 듣고 싶은 게 솔직한 마음이다."

"선생님!"

입속에 든 초콜릿을 삼킨 예지가 짧게 손을 들어 올렸다. 상담 교사와 예지의 눈빛이 마주쳤다.

"요즘 청소년들의 자살 문제가 많이 보도되잖아요. 솔직히 전 그게 남의 일인 줄 알았어요. 우리 곁에서 내 친구가 그렇게 될 줄은 몰랐거든요. 근데 그게 죽은 그 아이 탓만은 아니지 않아요?"

예지의 말은 아이들의 시선을 한군데로 모으기 충분했다. 아이들 역시 그런 생각을 한 번쯤은 한 터였다. 예지가 아이들 앞에서 말하고 싶었던 건, 왜 아무도 이송희에 대해서 속 시원하게 말하지 않느냐는 거였다. 아이들 사이에서 카카오톡으로만 떠돌 뿐 학교 홈페이지 자유게시판 어디에도 이송희에 관해 아무 내용도 올라와 있지 않았다. 여전히 아이들은 성적순대로 특별 학습실과 교실로 분리되었고, 이송희가 죽기 전과 다른 건 거짓말같이 아무것도 없었다. 이송희의 장례식장에 다녀온 일요일 오후에 예지는 엄마에게 학교에서 일어난 일을 이야기했지만, 엄마의 반응도 신통치 않기는 마찬가지였다. 무서운 세상이다, 하고 중얼거리듯 말하곤 꼬리표처럼 잔소리가 따라붙었다. 그러니까 너도 공부나 열심히 해. 이게 공부만 죽어라 해야 하는 우리들만의 잘못일까? 성적이 떨어져서 비관해 죽었다는 이송희만의 잘못일까? 어른들은 아무런 책임이 없는 걸까? 예지는 묻고 싶었다.

상담 교사는 곤혹스러운 표정으로 입을 열었다.

"누구도 그 아이 탓이라고만은 말하지 않았다. 하지만 입을 다물고 있는 어른들의 비겁함도 있지. 너희들이 분노심을 가지는 점이 바로 그거라는 걸 선생님도 모르지 않는다."

상담 교사는 짧은 한숨을 내쉰 뒤 다시 말했다.

"그래도 그런 극단적인 선택은 분명 잘못된 거야."

"우린 걔의 선택이 옳은 거라곤 말하지 않았어요."

예지를 힐끗 쳐다본 보현이가 말했다. 보현이는 예지가 그 아이를 화장실에서 마지막으로 본 게 자기라며, 그 아일 모른 척했던 것을 자책하고 있다는 걸 알았다. 하지만 그건 예지의 잘못이 아니었다.

"공부가 전부라고 하니까 다들 그렇게 끌려가는 거예요. 우린 꿈꿀 시간조차 제대로 없어요. 그러니까 우리가 선택할 수 있는 게 많지 않다는 얘기라구요."

보현이의 말을 받은 아이가 입을 떼자 둘러앉은 아이들도 자기들의 속마음을 내놓기 시작했다. 상담 교사는 아이들의 말을 잠자코 듣고 있을 생각이었다.

"특별 학습실에 들어가고 싶지 않은 애가 누가 있겠어요. 그걸로 사람을 다 평가해버리기도 하는데요. 하긴 학교만 그런가. 우리 집에서도 그런데. 성적이 안 나오면 속상한 건 난데 우리 엄만 내가 못나서 그렇다고 말끝마다 잔소리에 사람을 들들 볶아요."

"선생님이 아까 말했었죠? 어른들은 비겁하다고. 맞아요, 비겁해요. 근데 비겁하다고 인정하는 게 다는 아니잖아요. 말만 해놓고 결국엔 또 우리를 몰아붙일 거잖아요."

"맞아요. 우린 우리 인생에 대해 결정할 힘이 없으니까요. 일단은 남이 다 거쳐 가는 과정을 지난 다음에야 뭘 해도 해라, 하는 게 억지같이 느껴질 때도 있어요. 결국엔 우리가 판단하고 결정하는 걸 믿거나 받아주지도 않을 거면서 관대한 척, 이해한다면서도 이해하는 척만 하고요. 우리도 우리들 나름대로 충분히 괴롭고 힘든 일이 많거든요. 일이 꼬이는 날엔 도미노처럼 안 좋은 일만 생기기도 하고요. 학교에서 기분 나쁜 날은 집에서 따뜻하게 감싸줬으면 좋겠는데, 그런 날 꼭 집 분위기도 꽝이거든요. 그럴 땐 어디로 가야 할지 갑자기 아득해져요. 내가 어느 날 아무도 모르게 투명 인간처럼 쓱 사라져버리고 싶을 때가 그런 때기도 하고요."

공감한다는 뜻인지 아이들 사이에서 제각각 짧은 탄성들이 흘러나왔다.

"하긴 우리가 알아서 할 수 있는 게 없긴 하죠. 저는요, 나중에 뭐 하고 싶은지, 장래 희망에 대해서 말해보라고 하면 그게 제일 어려워요. 살아가면서 생각은 수없이 바뀌니까. 좋아하는 남자애도 바뀌는데 그걸 어떻게 알아요?"

한 아이가 툭 튀듯이 내뱉은 말을 다른 아이가 성깔을 내며 맞받았다.

"그치만 자기 목표가 뚜렷한 애들도 있어. 자기가 뭘 해야 할지 알고, 뭘 원하는지도 알고."

"다 자기 생각은 있어. 아무 생각 없이 막 사는 애도 있냐? 왜 잘난 척이야?"

갑자기 두 아이의 감정이 부딪치며 튀어 올랐다. 순간 상담 교사의 눈썹이 움찔거렸다. 상담 교사가 아이들의 말을 중지시키고 분위기를 바꿔야겠다고 생각하던 찰나에, 낮지만 또박또박한 목소리로 보현이가 말했다.

"남들보다 잘하고 싶은데 마음대로 안 되면 속상하잖아. 다들 그렇지 않아? 이송희도 특별 학습실에서 아웃되고 괴로워했을 거라고. 소문 들어보니까 걔 중학교 때는 공부 되게 잘했다고 하던데. 그런 애들은 성적 비관할 만도 하지. 걘 할 때까지 해봤고, 더 이상 물러설 수 없을 만큼 궁지에 빠졌다고 생각했을 거야."

"맞아. 걔가 뭐 괴물이어서 그런 건 아니잖아. 선생님, 우리가 괴물인가요?"

보현이의 말을 받은 예지가 상담 교사를 향해 물었다. 그 순간 예지는 울컥하는 감정을 다스리느라 눈을 내리깔았다. 갈비뼈가 뻑뻑하게 아픈 것 같았다. 징검다리 교실 안이 조용

해졌다. 상담 교사는 턱을 괴고 있던 손으로 마른 얼굴을 쓸어 내렸다. 아이들은 상담 교사를 쳐다보았다. 상담 교사의 입에 서 무슨 말인가 나올 듯했지만 상담 교사는 아무 말이 없었다.

"그 앤 복수하고 싶었을 거예요. 자기를 알아주지 않는 세 상에 대해서, 우리 모두에 대해서……."

눈을 내리깔았던 예지가 마지막으로 천천히 내뱉었다. 예 지를 사로잡고 있던 불편함과 가슴을 쿵쿵 두드리던 뭔지 모 를 불안감이 쿵 소리를 내며 아래로 꺼지는 듯한 느낌이었 다. 추웠다. 으슬으슬한 한기가 느껴졌고, 입안에 혓바늘이 돋 은 듯 따끔거렸다. 아이들은 침묵했고, 상담 교사도 침묵했다. '왜?' 하고 묻고 싶은 전의를 상실한 듯 분위기는 다시 살아나 지 않았다. 시간이 흘러가는 것도 같고 멈춰 있는 것도 같았 다. 때마침 7교시 수업이 끝나는 벨이 울렸다.

상담 교사는 자리에서 일어나 창문 쪽으로 다가갔다. 예지 의 입에서 나온 한마디가 상담 교사의 심장을 날카롭게 베고 지나갔다. 심중에 있지만 아이들의 입으로 직접 듣게 될 줄은 몰랐던 말이었다. 죽은 이송희가 아니더라도 누군가에게 일 어날 수 있는 일이었다. Y고등학교 아이들뿐만 아니라 청소년들이라면 누구나 조금씩은 앓고 있는 마음의 병. 상담 교사는 이송희가 죽은 후 아이들을 대할 때마다 자신이 왜 무력감에 시달렸는지 진작부터 알고 있었다.

"그래, 오늘 너희들 생각 잘 들었다. 지금 이 자리에서는 해결책을 내놓을 수도 없지만, 작은 것 하나부터 차근차근 다시 생각하고 반성하는 시간을 가져야 하는 것만은 맞다. 학교에서도 차후에 무슨 대책이 있지 않을까……."

상담 교사는 이 부분에서 다시 한 번 절망감을 느꼈다. 그는 창밖을 향한 채 잠시 생각했다. 학교에서 마련할 차후 대책이란 것이 있기나 한 것인지……. 지금은 아이들에게 어떤 말도 섣불리 할 수 없다는 걸 알았다. 거짓말이 아니면 비겁한 침묵. 아이들은 그들 나름의 생존경쟁에 또다시 내몰리게 될 것이다.

"선생님은 오늘 늦게까지 학교에 남아 있을 거야. 하고 싶은 말이 더 있는 사람은 수업 끝나고 찾아와도 좋다. 오늘 수고했다."

상담 교사의 말이 끝나자 아이들은 주섬주섬 자리에서 일어나 징검다리 교실을 나갔다. 한동안 징검다리 교실 안엔 텅 빈 운동장처럼 정적만 맴돌았다.

징검다리 교실을 나온 예지는 교실로 들어가기 전에 입구가 텅 빈 화장실 쪽을 흘깃거렸다. '우리의 잘못이 아니면 누구의 잘못일까?' 예지는 보현이에게 묻고 싶은 말을 꿀꺽 삼켰다. 오줌이 마려운 것도 같은데, 꾹 참고 교실로 들어갔다. 다시 누군가와 텅 빈 화장실에서 마주치고 싶지 않았다.

어느 가을날 아침이었습니다. 토요일에도 학교에 가는 아이를 위해 도시락을 준비하는데 아이가 오늘은 학교에 가지 않아도 된다고 했습니다. 프라이팬에 브로콜리와 당근, 햄을 넣고 볶다가 아이를 돌아보며 왜냐고 물었습니다. 아이는 대답 없이 한참 동안 물끄러미 나를 쳐다보더니 "엄마, 우리 학교에서 사고가 났대. 죽었다나 봐" 작은 소리로 말했습니다. 가슴이 쿵 내려앉았습니다. 아이의 눈에도 눈물이 어리비쳤지요. 유난히 심리적인 압박감을 받아가며 학교생활을 해오던 아이가 어깨를 들썩이고 있었습니다. 다가가 아이의 등을 싸안으며 가만히 다독거려주었지요. 아주 먼 곳의 일인 줄 알았습니다. 이런 일은 텔레비전 뉴스나 신문에서만 보던 일인 줄 알았습니다. 우리 곁에서 일어날 수 있는 일이라는 걸 애써 눈 감고 모른 척하고 있었습니다. 그날 아이는 책가방을 팽개쳐둔 채 오전 내내 긴 잠에 빠져들었습니다. 내 잘못인 것만 같아 아이의 머리맡에 앉아 마음속으로 용서를 빌며 간구했습니다. 제발 더 이상 이런 일이 일어나지 않기를. 세상의 모든 부모와 세상의 모든 딸과 아들 들이 이처럼 참혹한 일만은 피해가기를…… 이 소설은 친구를 잃고 힘겹게 한 해를 보냈던 내 딸에게, 세상의 모든 청소년들에게 바치는 소설입니다. 그들을 사랑하는 마음 하나로!

홍명진
1967년 출생. 2001년 전태일문학상을 수상했고, 2008년 경인일보 신춘문예에 당선되었다. 2012년 제10회 사계절문학상, 백신애문학상을 수상했다. 작품집으로 장편소설 『숨비소리』, 단편 창작집 『터틀넥 스웨터』, 청소년 장편소설 『우주비행』이 있다.

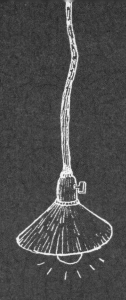

끈

김해원

끈 뭉치는 싱크대 맨 아래 서랍에 들어 있었다. 아직 정리가 안 된 서랍엔 꺼내 쓰이지도, 버려지지도 않는 허섭스레기들이 뒤섞여 있었다. 손님 올 때나 내놓는 숟가락, 젓가락, 누렇게 바랜 플라스틱 주걱, 긴 나무젓가락, 빨대, 냄비 뚜껑 꼭지, 자루가 부러진 국자, 날이 물결무늬로 된 칼, 요플레 떠먹는 일회용 숟가락, 얼음 얼리는 틀까지. 끈 뭉치는 서랍 안쪽 깊숙이 있었다. 꽁꽁 감아 돌처럼 딱딱한 끈 뭉치는 테니스공만 했다.

끈은 아주 질겨 보였다. 철물점에 가면 선반 위의 천장에 닿도록 높이 쌓아놓는 흔한 비닐 노끈이 여러 겹으로 굵게 땋아져 있었다. 오래전 엄마가 빗질해서 땋아주던 다혜 머리처럼 촘촘했다. 어릴 적 갖고 놀던 탱탱볼이 생각나 끈 뭉치를 바닥에 힘껏 내뜨렸지만, 끈 뭉치는 튀어 오르지 못하고 데구

루루 방바닥을 구르며 끈을 풀어놓았다. 풀어진 끈을 양손에 감아서 잡아당겨 보았다. 끈은 팽팽하게 당겨지면서 손등에 빨간 자국을 남겼다. 이건 어디에 쓰는 걸까? 끈 뭉치를 다시 돌돌 말아 서랍 안에 던져놓았다.

싱크대 서랍 안을 다 헤적거렸지만, 맥가이버칼은 보이지 않았다. 종하가 한 달 동안 틈나는 대로 갈아서 시퍼렇게 날을 세운 맥가이버칼은 한 번도 제대로 쓰이지 않았다. 종하 점퍼 주머니 속에 들어 있던 그 칼은 어느 날부터 내 책상 위에서 굴러다니다가 엉뚱하게 마늘 까는 칼로 둔갑해 부엌 싱크대 서랍에 자리 잡았었다. 이사하면서 버려진 건가. 그래도 미련을 털어내지 못하고 싱크대 서랍 세 개를 모조리 빼서 되작이고, 신발장 서랍까지 뒤집어엎었다. 그런데 맥가이버칼은 생뚱맞게 안방 화장대 화장품 샘플을 모아놓은 바구니에 있었다. 어느 해인가 다혜가 엄마 생일 선물로 준 싸구려 립스틱 옆에 꽂혀 있는 붉은 맥가이버칼의 날은 여전히 날카로웠다. 종하는 선배들에게 맞고 나서부터 주머니에 이걸 꼭 챙겨 다녔는데, 그 뒤로 여러 차례 더 맞으면서도 써먹지 못했다. 써먹지 못한 게 아니라 써먹지 않은 거라고. 그런 종자들한테 칼을 휘둘러봤댔자 자기 인생만 결딴나는 거라고. 결국 종하는 날만 세웠지 손에 익히지 못한 칼을 내게 줬다. 연필이나 깎아 쓰라면서, 아니면 손거스러미나 떼어내든지. 하지만 나는 그 칼을 쓰지 않았다.

나는 칼이 아니라 주먹을 썼다. 밉살스런 놈, 깝죽거리는 놈, 알짱거리는 놈, 뻐기는 놈, 건들거리는 놈. 내가 주먹을 휘두를 대상은 무궁무진했다. 그래서 학교를 더 다닐 수 없었다. 더 다녔다가는 몸 성히 살아남기 어려웠다. 싸우자고 덤벼드는 놈들과 싸웠다고 달려드는 선생들을 당해낼 자신이 없었다.

칼을 뒷주머니에 챙겨 넣고 집을 나섰다. 이사 온 지 한 달도 채 되지 않은 다세대주택은 앞뒤로 막아선 건물 틈으로 새어든 볕뉘로 하루를 버텨내느라 우중충했다. 짧은 봄볕이 닿을 겨를이 없었을 골목길은 냉랭했다. 여름이면 땀을 뻘뻘 흘리면서 오르고 겨울이면 진땀을 줄줄 흘리면서 내려와야 하는 비탈길도 없고, 볕 좋은 날이면 아이 하나씩 둘러업고 대문 앞에 쪼그리고 앉아 오가는 젊은것들 뒤통수를 힐금거리며 수군대는 할머니들도 없는 아랫동네는 삭막했다. 좁은 골목길을 반쯤 점거한 자동차들은 오만하게 버티고 서서 거치적거렸다. 자동차 앞 유리창에는 볼썽사나운 사진이 박힌 카드와 전단지가 꽂혀 있었다. 길바닥에도 훌렁 벗은 여자가 부끄럼 없이 빤히 앞을 응시하고 있는 전단지가 널려 있었다. 씨발, 세상이 이딴 식이니까, 발정 난 개처럼 달려드니까, 어디에든 싸질러 놓으라고 부추기니까. 전단지 한 장을 발로 짓이겨 찢었다. 점퍼 주머니에 양손을 집어넣고 어깨를 웅크린 채 마주 걸어오던 사내는 힐끗 나를 보다가 눈이 마주치자 얼른 고개를 돌렸다. 씨발, 뭘 봐! 나는 내 옆을 잰걸음으로 지나친 사내의 등을 노려봤다. 저놈일 수도 있다. 한낮에 빈둥거리면서 동네를 배회하는 놈……. 이곳도 안전지대는 아니다. 세상에 안전한 곳은 없다.

다혜는 초등학교 때부터 아랫동네로 이사 가자고 졸랐다. 나중에 집 사서 이사 갈 거라는 엄마 말에 다혜는 중학교 가서도 윗동네를 오르내려야 하면 집을 나가버리겠다고 어깃장을 놓다가 뒤통수를 한 대 얻어맞곤 했다. 엄마는 아랫동네로 이사 오던 날, 짐을 풀면서 내내 울었다. 엄마 가슴에 고인 울음은 퍼내도 퍼내도 마르지 않았다. 아침에 눈을 뜨면서부터

질금질금 울기 시작하는 엄마는 퉁퉁 부은 눈으로 작업장에 나가 온종일 재봉질을 했다. 여름에 여자애들이 입을 블라우스를 박고, 치맛단을 휘갑치면서 엄마는 얼마나 울었을까. 늦은 밤에 휘뚝휘뚝 뻣뻣해진 몸을 끌고 현관 문턱을 넘어서는 엄마는 얼굴까지 퉁퉁 부어 있어 낯설었다. 엄마는 물에 말은 밥 몇 숟가락을 억지로 입에 떠 넣고, 대충 펴놓은 얄팍한 요 위에 누워서도 눈물을 짜냈다. 밤이 깊어 눈물이 마르고, 탄식도 동나면 엄마는 냉장고에 넣어둔 소주를 꺼내 물처럼 들이켰다. 엄마가 냉장고에 남겨놓은 소주는 내가 마셨다. 엄마와 아들은 소주를 나눠 마시고 나란히 붙어 있는 방에 모로 누워 베갯잇을 적셨다. 나는 옆방 소리에 귀를 기울이면서 조심조심 울었다. 엄마의 흐느끼는 소리가 잦아들기를 기다리다 보면 창밖이 희읍스름하게 밝았다.

종하는 내 얼굴을 보고 중얼거렸다. 또 날 샜구나. 눈이 개구리처럼 부었네. 그런 꼴로 어떻게 일하냐? 종하는 오토바이를 송화반점 앞에 세워놓고는 주머니에서 껌 한 통을 꺼내더니 하나를 위로 삐죽 뽑아서 내 앞에 내밀었다. 마치 담배를 권하듯이. 내가 뜨악하게 쳐다보자 종하는 머쓱해했다. 담배 끊었어. 계부가 담배 끊으면 음악 학원에 보내준다고 해서. 종하는 새아버지를 꼭 계부라고 불렀다. 종하는 계부하고 사이가 나쁘지 않았다. 술만 먹고 들어오면 집안 살림을 박살 내던 친아버지에 비하면 계부는 군자라고. 시장에서 정육점을 하는 군자는 셈이 정확했다. 얻으려는 게 있으면 내놓아야 했다. 학교를 그만두려면 돈을 벌어 생활비를 내놓아야 했고, 오토바이를 사려면 검정고시를 봐야 했다. 이제 종하는 5년 동안 하루에 한 갑씩 피우던 담배를 포기하고, 음악을 얻었다. 나는 종하가 내민 껌을 받아 질겅질겅 씹었다. 입에 고인 단물은 너무 달아서 목구멍으로 넘기기가 쉽지 않았다. 딱딱 소리를 내며 요란스럽게 껌을 씹던 종하는 내 눈치를 살폈다. 요새도 통 못 자는 거냐? 종하는 걱정스럽게 나를 쳐다봤다. 나는 단물이 남은 껌을 퉤 뱉었다. 잇자국이 남은 누글누글해진 껌이 땅바닥에 툭, 나는 종하 머리를 툭 쳤다. 가봐. 오토바이 잘 쓸게.

종하는 정색하며 제 오토바이를 쓰다듬었다. 이건 오토바이가 아니라 내 자식이라니까. 자식 데려가는 놈 인사하는 예의하고는. 짜장면 배달 아르바이트를 다시 시작한다고 하자 종하는 선뜻 제 자식을 내놓았다. 종하가 일 년 동안 편의점 아르바이트를 해서 산 오토바이는 얼마나 닦고, 기름 치고, 매만졌는지 방금 공장에서 튀어나온 새것처럼 반질거렸다. 종하는 짬뽕 국물 따위를 제 자식 몸에 묻히는 날엔 바로 회수할 거라고 엄포를 놓았다. 옛날 네 오토바이처럼 마구 굴리면 정말 가만 안 둘 거라고.

나도 오토바이가 있었다. 옛날이 아니라 넉 달 전까지, 비록 일하는 중국집 소유였지만. 처음부터 내가 길들여 타던 오토바이는 비 오는 날 배달하다 빗길에 미끄러져 회생이 불가능하게 되었다. 그날 내 다리마저 부러지지 않았다면 크리스마스이브에 생애 처음으로 여자와 데이트란 걸 하기로 했었다. 근사한 선물도 살 생각이었다. 그렇지만 깁스한 다리를 끌고, 1년 내내 작정하고 기다린 연인들이 쏟아져 나와 등 떠밀려 다녀야 하는 길바닥에 합류할 수는 없었다. 그나마 다행스러운 건 크리스마스이브에 명동 성당에 가보고 싶다며 눈을 반짝이던 그 여자가 마음잡고 공부하기로 했다며 이별을 통보한 것이다. 나는 불행과 다행을 저주하면서 방 안에 틀어박혀 어두운 세상에 숨어 있는 간악한 적들을 처치해 레벨이

나 올리면서 위안을 받으려 했지만, 그것도 쉽지 않았다. 나는 악을 퇴치하면서 간절하게 빌었다. 예수가 태어난 성스러운 날, 불경하게 거리로 쏟아져 나온 남녀들을 모두 벌하기를. 공부한다는 핑계로 헤어지자던 뻔뻔한 거짓말을 되씹어가면서 나는 온종일 컴퓨터 앞에 앉아 있었다. 그러지 않았으면…… 선물 사려고 모아놓은 돈으로 홧김에 다혜한테 핸드폰을 사주지 않았다면…… 아니, 그날 다혜를 윽박지르지만 않았다면…….

열여섯 살에 가출해서 중국집에서 배달 일부터 시작해 요리사가 되었다는 송화반점 송 사장은 중학교 3학년 때 담임 선생이 자꾸 꼬투리 잡아 혼내지만 않았어도 중학교 졸업장은 땄을 거라고. 평소에 말보다 손이 먼저 나가는 아버지가 학교 때려치우겠다는 말에 다짜고짜 손찌검만 하지 않았어도 가출하지 않았을 테고, 그럼 징글징글한 고생길에 나서지 않았을 거라고. 하긴 그랬으면 이렇게 주방장이 돼서 밥벌이 못했지. 내가 공부해서 번듯한 대학 나와 양복 빼입고 매년 연봉 협상하면서 살 것 같진 않더라고. 될성부른 나무는 떡잎부터 알아본다고. 책만 잡으면 몸이 비비 꼬이고 졸음이 쏟아지

는 놈이 학교 더 다녔다고 별수 있었겠냐? 어찌어찌 대학 간
판은 땄다고 쳐. 그때가 IMF인지 뭔지 때문에 세상이 쑥대밭
이 돼서 멀쩡한 자리에 있던 놈들도 다 쫓겨나는 판인데 취직
은 했겠냐? 꼴에 대학 나왔다고 눈만 높아져서 연봉 따지고,
자존심 내세우며 방구석에서 백수로 늙었겠지. 인생사 다 새
옹지마야. 송 사장은 그리 말했다.

배달-달리기-기사-사장-장인-인생은 끝말잇기처럼 순
순히 뻔한 레퍼토리로 이어지는 것이 아니다. 인생은 늦은 밤
8차선을 질주하는 것과 같다. 신호등은 작동을 멈춰 어떤 신
호도 보내지 않고 통제도 하지 못한 채 별 의미 없이 점멸하
고. 그 길의 끝이 어디로 닿을지 모르면서도 멈출 수 없는. 깊
게 팬 웅덩이에 빠져 고꾸라지거나 엉뚱한 샛길로 벗어나거
나, 역주행하며 달려드는 자동차를 피하지 못해 재수 없이 비
명횡사할 수 있는. 그것이 인생이다.

송 사장은 내가 다시 일하겠다고 하자, 오토바이가 없다며
고개를 저었다. 너 쉬는 사이에 자리 채운 놈한테 나가라고
하기도 뭐하고. 일손이야 달리지. 윗동네 재개발 들어가고 있
어서 공사 현장 뛰려면 배달 하나 더 있으면 좋은데, 당장 오

토바이가 있어야 말이지. 송 사장은 자기네 오토바이를 누가 박살 냈는지 상기시켰다. 코너 돌다 미끄러진 건 운전자 미숙이라서 다른 데 같으면 변상하라고 했겠지만, 우린 그런 사람 아니거든. 뭐 오토바이를 빌려 하겠다면 우리야 말리지 않지. 송 사장은 고생해본 사람이 딱한 사정을 알아주는 거라면서 배달 자리를 내줬다. 그러면서 물었다. 그건 어떻게 되고 있는 거냐?

배달 갈 때마다 낯이 익은 사람들은 혀를 차면서 물었다. 아직이냐? 나는 아무 대답도 하지 않았다. 대답하지 않아도 그들은 잘 알고 있었다. 짜장면 면발을 비벼대면서, 짬뽕 국물을 떠먹으면서 뉴스나 신문에서 보고 들은 것들과 동네에 떠도는 이야기들을 단무지 집어 먹듯 하고는 그릇을 다 비울 때쯤 혹시 흘린 이야기는 없는지 살필 테니까. 간혹 그들은 엄마나 내가 모르는 것도 알고 있었다. 동네 소문의 근원지는 대개 세탁소였다. 스무 해째 동네에서 세탁소를 하는 아줌마는 세탁물만 거두는 게 아니었다. 소맷부리에 낀 때처럼, 앞자락에 묻은 얼룩처럼, 고장 난 바지 지퍼처럼 아주 사적이면서도 너무나 사소한 이야기까지 세탁물에 딸려 들어갔다. 아버지가 딴살림 차려 집을 나간 이야기도 세탁소에서 흘러나왔다. 청계천에서 노래방 기계 장사를 하던 남자가 어느 노래방 주인 여자하고 눈이 맞아 딴살림을 차렸는데 노래방에서 두 여자가 머리끄덩이를 잡고 싸웠다더라, 남자가 본처를 내동댕이쳐서 그날 아주 끝장났다더라. 세탁소 아줌마는 주인이 잊어 몇 년 동안 세탁소 천장에 매달려 있는 세탁물처럼 케케묵은 이야기를 잘도 찾아냈다. 오래된 이야기였다. 세 남녀가 만들어낸 막장 드라마의 진실은 더 구질구질했다. 남자는 이혼은 안 된다고 버티는 여자를 자식들 보는 앞에서 두들겨 패고 억지로 도장을 받아내 떠났다. 남자는 낮에는 교복 입은 채 담배를 꼬나물고 있는 아이들에게 보너스 시간을 넣어주고, 밤에는 술에 취해 비틀거리는 남자들에게 도우미를 불러주는 노래방으로 갔다. 그리고 돌아오지 않았다. 노래방을 해먹고, 청계천 가게도 해먹고, 지방으로 내려가 분식집을 한다고. 정확히 9년 만에 만난 아버지는 술에 취해 넋두리를 했다. 조강지처 버리고 잘되는 놈 없다더니 내가 딱 그 짝이다. 손대는 일마다 되는 게 없어서 나이 오십에 빚만 남았다. 내가 안 그랬으면, 다혜가 이리 되지 않았을 거라고들 하는데

나도 얼마나 고생했는지 모른다며 아버지는 눈물을 소매로 훔쳤다. 소맷부리에는 침인지 콧물인지 알 수 없는 거품이 허옇게 묻어나 있었다. TV에 나오는 막장 드라마는 엔딩이 있지만, 현실에는 그게 없다. 그래서 현실은 더 막장이다. 살아야 해서. 못된 짓을 했건, 못된 짓을 당했건 이 꼴 저 꼴 다 보면서 살아야 하니까.

송화반점은 저녁 시간에도 배달이 꽤 있다. 맞벌이 부모를 둔 아이들은 스스로 저녁을 해결했다. 엄마들은 약속이라도 한 듯 저녁때가 되면 전화를 해서 밥통에 밥 있으니 찌개 데워 차려 먹으라고 하지만, 그 전화를 받은 아이들은 하나같이 TV나 컴퓨터 앞에서 컵라면이나 짜장면으로 저녁을 때웠다. 그래서 맞벌이하는 집 전기밥통에는 늘 딱딱하게 굳은 밥이 남아 있었다. 어느 날 밤은 다세대주택 한 채에 사는 다섯 집 아이들이 모조리 짜장면을 주문한 적도 있었다. 다른 집 다른 성을 가진 아이들은 똑같은 몸짓으로 동전을 꼬깃꼬깃한 지폐에 감아 값을 치르고, 똑같이 신문지로 대충 덮은 빈 그릇을 현관문 앞에 내놓았다. 송화반점은 저녁에 배달한 그릇을 다 회수해야 일이 끝났다. 송 사장은 그릇 잃어버리는 걸 아주 싫어했다. 여름에 스테인리스 냉면 그릇을 잃어버리면 노발대발 동네를 다 뒤져서라도 찾아오라고 길길이 뛰었다. 그릇값이 아까워서 그러는 게 아니야. 일하는 자세 문제지. 그릇 그까짓 거 몇 푼 하겠어 하는 썩어 빠진 생각으로 일해서는 아무것도 못 한다. 뭘 하든 일을 제대로 배워야 한다고 했다. 그러니까 송 사장 말은 이거다. 그릇은 절대로 잃어버리지 마라.

잃어버리면 안 되는데. 그게 다혜 마지막 말이었다. 다혜는 집에 들어오자마자 제 옷과 가방을 뒤스럭대면서 핸드폰을 찾았다. 다혜는 컴퓨터 앞에 앉아 있다가 흘낏 뒤돌아본 나를 겸연쩍게 보면서 중얼거렸다. 잃어버리면 안 되는데…… 그때 나는 이렇게 소리쳤을 것이다. 잘한다, 잘해. 사 준 지 며칠이나 됐다고 그걸 잃어버리냐. 다혜는 대꾸도 않고 집 밖으로 뛰어나갔다. 집으로 오던 길에 흘렸다고 생각했겠지. 마음이 급한 다혜는 현관문을 제대로 닫지 못했다. 배꼿하게 열린 문틈으로 사나운 바람이 방 안까지 달려 들어와 나는 짜증을 냈다. 씨발, 문 꼭 닫아. 내 목소리는 다혜에게 닿지 않았다. 아니, 내 목소리가 담벼락을 넘어 바람을 타고 골목길을 훑고 있던 다혜 귀에 들렸다고 해도 다혜는 대답할 수 없었다. 다혜는 잃어버린 핸드폰을 찾으러 나갔다가 집으로 돌아오는 길을 영영 잃었다. 잃어버리면 안 되는데……. 다혜를 찾은 건 한 달이 지난 뒤였다. 핸드폰을 찾으러 나간 다혜는 우리 집에서 100미터도 안 떨어진 파란 철 대문집에서 발견되었다. 파란 철 대문집, 그곳은 다혜와 내내 학교에 같이 다니던 지선이네 집이었다. 재개발이 시작되고 지선이네가 이사 가기 전까지 다혜는 날마다 그 집에서 놀았다. 파란 철 대문집 문간방은 다혜가 가장 좋아하는 놀이터였다. 다혜는 그 방에서 공기놀이를 배우고, 뜨개질을 익히고, 좋아하는 가수의 노래를 따라 부르면서 컸다. 그런데 다혜 인생이 그곳에서 끝나버렸다.

집이 죄다 헐린 동네를 맴도는 바람은 겨울바람처럼 드셌다. 거칠 것 없이 골목을 헤집고 다니던 바람은 점점 기세등등해져서 반 토막이 된 담벼락을 채뜨려 마저 허물어뜨리고, 쓰레기 더미를 뒤훑어 찌그러진 냄비와 낡은 구두 한 짝까지 사방으로 끌고 다니면서 욕을 보였다. 그것으로는 성이 차지 않았던지 바람은 왱왱 소리를 내며 내 가슴을 밀어붙였다. 나는 고약한 바람을 헤치면서 어둡고 좁은 골목길을 올랐다. 이곳에서 8년을 살았다. 아버지가 위자료라고 남겨놓은 전셋집의 전셋값을 올려주지 못한 엄마는 이 윗동네로 올라왔다. 좁은 골목 양쪽으로 담장이 따로 없이, 작은 창문 하나씩 뚫려 있는 벽이 죽 이어져 있는 윗동네는 출구를 찾을 수 없는 미로 같았다. 그래도 그 옹색한 골목 어귀마다 꽃이 만발하고, 상추가 자라고, 토마토가 매달렸다. 이 동네 할머니들은 대문 앞 자투리땅이나 손바닥만 한 옥상을 그냥 놔두지 않고, 깨진 항아리나 생선을 담던 스티로폼 상자에 흙을 담아 꽃을 심고 채소를 가꿨다. 엄마도 장독대 위에 고무 화분을 몇 개 올려놓고 상추하고 부추를 키웠다. 이거 봐라. 여기는 그래도 사람 사는 맛이 있어. 서울에 이렇게 별이 잘 보이는 곳이 어디 또 있겠냐? 여름밤, 셋이서 장독대에 엉덩이를 걸치고 앉아 수박을 깨 먹고 하늘을 올려다보던 날, 엄마가 그랬다. 정말 하늘에는 무수히 많은 별이 반짝였다.

그 별들은 지붕이 새서 비닐을 덮고 묵직한 돌을 올려놓은 궁색한 세상 위로 당장 쏟아질 것 같았다. 돈 있는 사람은 땅만 보고 살지만, 돈 없는 사람은 하늘을 보고 사는 거다. 나는 텅 빈 골목길을 올라가면서 오래전에 들은 엄마 말을 떠올렸다. 하늘만 보고 살아야 했던 사람들은 이제 모두 땅으로 내려갔다. 별이 보이지 않는 곳으로. 봄바람이 불면 화분에 새 흙을 돋워 꽃씨를 뿌리고, 겨우내 창문으로 스며드는 한기를 막아준 비닐을 떼고, 두꺼운 솜이불을 담벼락에 걸쳐 말리던 사람들은 이제 없다.

　주머니에 들어 있는 핸드폰 진동 소리가 징징 큰 소리로 울렸다. 어디냐? 날마다 일 끝나고 어디를 싸다니냐? 핸드폰에서 종하의 볼먹은 소리가 흘러나왔다. 나는 퉁명스럽게 대답했다. 냅둬. 그럼 냅두지 내가 쫓아다닐까 봐. 나쁜 새끼. 종하는 전화를 뚝 끊어버렸다. 오토바이를 빌리고 나서 한 달이 다 되도록 종하 얼굴을 못 봤다. 문득 몸을 돌려 종하가 있는 곳으로 되돌아가고 싶었다. 햄버거 가게 창가에 나란히 앉아 튀긴 감자를 씹어 먹으며 창밖으로 오가는 여자들 이야기를 하면서 장난질이나 치고, 핸드폰 게임을 하면서 웃던 때로. 몇 달 전 일들이 까마득하게 먼 과거처럼 느껴졌다. 시간은 되돌아가지 않는다. 시간은 앞으로, 앞으로만 흐른다. 시간을 되돌릴 수 있다면. 다혜를 살릴 수만 있다면. 종아리에 모래주머니를 매단 것 같이 발걸음이 무거워졌다.

　김 형사는 덩치가 좋았다. 몸이 무거워 잘 뛰지는 못하더라도, 웬만한 사람은 번쩍 들어 메어꽂을 것 같았다. 험상궂은 얼굴은 재개발을 반대하는 사람들에게 쇠 파이프를 휘두르던 용역들과 다르지 않았다. 김 형사는 다혜 시신을 발견하고 나서 2주일쯤 뒤에 집으로 나를 찾아왔다. 병원에 가서 깁스를 풀고 온 날이었다. 김 형사는 현관문 앞에 기대선 채 나를 아래위로 훑었다. 밖에는 진눈깨비가 내리고 있었다. 자잘한 눈송이가 바람에 휩쓸려 문 안으로 들이닥쳤다. 김 형사는 잠시 시간을 내달라면서 성큼 집 안으로 들어와 마루 끝에 걸터앉았다. 김 형사 운동화에 엉겨붙어 온 눈이 녹아 타일 바닥에 시꺼먼 물이 괴었다. 물어볼 게 있어서. 나는 남의 집에 잘못 들어온 사람처럼 쭈뼛거리면서 김 형사 뒤에 앉았다. 깁스 푼 다리가 얼른 굽히지 않아 옆으로 쭉 뻗었다. 김 형사는 허리를 돌려 뻗치고 있는 내 다리를 내려다보았다. 학교 그만뒀다면서? 다리는 오토바이 타다 다친 거고? 김 형사는 다혜 사건을 맡고 있었다. 다혜 시신이 발견되고 나서 내내 동네

탐문 수사를 했다. 그러니 우리 집 사정도 빤히 알 수밖에. 알면서 뭘 물어보는 걸까? 그런 생각이 들었지만, 나는 묻는 대로 고개를 끄덕였다. 주먹 좀 쓴다면서? 학교에 그냥 있었으면 퇴학당할 게 뻔했다고 그러던데. 김 형사가 나를 빤히 쳐다봤다. 제기랄. 그리 말한 건 담임일 것이다. 담임은 학교를 그만두던 날, 내 뒤통수에 대고 그랬다. 하긴 네가 안 그만두면 학교에서 잘렸을 거다. 날마다 싸움질이니. 나는 아랫입술을 윗니로 꽉 깨물었다. 나를 쳐다보는 김 형사의 눈이 번득거렸다. 그래서요? 김 형사는 손에 들고 있던 수첩을 펴 뒤적이면서 아무렇지 않게 말했다. 그래서라? 그러니까 동생하고도 자주 싸웠다면서? 그날도 집에서 큰소리가 났다는데? 김 형사는 내 눈을 뚫어져라 들여다봤다. 나는 얼른 알아듣지 못했다. 김 형사가 무엇을 말하려 하는지. 중학교 때부터 안 해본 아르바이트가 없었다. 1년에 350일은 어두운 지하 공장에서 재봉틀을 돌리고도 느닷없이 일이 생기면 목돈 100만 원이 없어 동동거리는 엄마를 돕겠다는, 그런 기특한 생각을 해서가 아니다. 중학교 2학년 때 애들이 흔하게 입는 점퍼 사겠다고 핸드폰 가게 전단지를 돌리기 시작한 뒤로, 아르바이트로 잔뼈가 굵어지면서 어지간히 눈칫밥을 먹은 탓에 눈치는 빤했는데, 왜 김 형사의 입 끝이 기분 나쁘게 실룩거리는지 알아채지 못했다. 옆집에서도 들었다던데. 뭘요? 그날 동생이랑 싸운 거 아냐? 김 형사는 눈을 치켜떴다. 그제야 알았다. 김 형사가 뭘 말하려는지.

경찰은 실종된 지 한 달이 다 되도록 다혜를 찾지 못했다. 텔레비전이며 인터넷에 올라오는 뉴스에는 실종된 여중생을 못 찾고 있다는 소식이 드문드문 전해지고 있었다. 엄마는 일을 안 나가고 목발 짚은 나를 앞세워 다혜를 찾아다녔다. 학교 친구들을 죄다 만나보고, 가출한 아이들이 갈 만한 곳을 뒤지고 다녔다. 실종 신고를 했을 때 경찰의 단순 가출일 거라는 말에 엄마는 발끈 화를 냈지만, 우리는 다혜를 찾는 동안 제발 단순 가출이길, 핸드폰 잃어버려서 욕먹을까 봐 집에 못 들어오는 것이길 간절하게 빌었다. 하루가 멀다고 성폭행 사건이 뉴스에 나올 때마다 엄마는 진저리를 쳤다. 우리 다혜는 아닐 거야. 그치? 나는 고개를 끄덕였다. 엄마 말대로 다혜가 친구들을 워낙에 좋아해서 친구 따라 놀러 갔다가 겁이 나서 못 오는 거라고. 저 찾는 거 알았으니 조금만 더 기다리면

제 발로 걸어 들어올 거라고. 온종일 서울 시내 구석구석을 기웃거리면서 딸을 찾다가 돌아온 엄마는 밤에도 현관문 앞에 쪼그리고 앉아 목을 길게 빼고 있었다. 계집애, 오기만 해 봐라. 엄마는 철없는 딸이 동네 어귀 어딘가에서 늘쩡거리면서 걸어오기라도 하는 것처럼 중얼거렸다. 하지만 다혜는 끝내 제 발로 걸어오지 못했고, 경찰 수사도 지지부진이었다. 실종된 지 29일 만에 다혜를 찾아낸 사람도 경찰은 아니었다. 파란 대문집 철문을 떼어 가져가려던 남자는 뭐 더 얹혀갈 것이 없나 집 안 구석구석을 보다가 문간방에 버려진 서랍장 안에서 다혜 시신을 발견했다. 낡은 서랍장 안에 종이 인형처럼 구겨져 있던 다혜를 본 남자는 온몸을 부들부들 떨더라고, 자신이 떼어놓은 철 대문 위에 털썩 주저앉아 있더라고. 엄마는 경찰한테 그 이야기를 전해 듣는 순간 정신을 잃었다. 어떤 놈이, 어떤 놈이 우리 다혜를…… 엄마는 한동안 그 말밖에 하지 못했다. 경찰은 다혜의 사인을 타살이라고 했다. 범인은 열여섯 살의 여학생을 성폭행한 뒤 목을 졸랐고, 경찰은 인근 지역 성폭행 전과자들과 폭력범들을 대상으로 수사를 펼치고 있다고 밝혔다.

김 형사가 나를 찾아온 건 피해자 가족에게 뭘 물으려고 온 게 아니었다. 그는 수사 중이었다. 그날 밤에 동생이 핸드폰 찾으러 나가고 뭐 했어? 게임이요. 게임이라? 김 형사는 고개를 들어 방문이 열려 있는 내 방을 쳐다봤다. 김 형사 눈길이 정면으로 보이는 컴퓨터에 한참 머물렀다. 온라인 게임이면 게임 한 기록이 있겠네. 요즘은 사이버수사대가 못 찾아내는 게 없어. 부처님 손바닥이지. 온라인 세상이라는 게 본래 바깥세상보다 치밀하잖아. 그 이야긴 감시가 쉽다는 거야. 감시자가 보이지 않는 원형 감옥이라고. 암튼 그날 게임을 몇 시까지 했지? 나는 온몸에 소름이 돋았다. 찬물을 끼얹은 것처럼 몸이 떨렸다. 설마 내가? 내가 내 동생 다혜를? 엄마가 일을 나가면 눈 뜨면서부터 잠 잘 때까지 내 뒤꽁무니를 졸졸 따라다녔던 동생을? 그 작은 아이를? 엄마는 다혜가 다른 아이들보다 작은 게 어릴 때 잘 먹이지 못한 탓이라고 했다. 한창 클 때 일하느라고 간식 한번 제대로 챙겨 먹이지 못해 키가 자라지 않는다고 끌탕을 했다. 김 형사는 볼펜 끝으로 수첩을 톡톡 치면서 내 대답을 기다렸다. 나는 그 순간, 엄마가 늦게 퇴근해 한밤중에 저녁을 먹을 때면 상머리에 앉아 꾸벅

꾸벅 졸면서 밥숟가락을 뜨던 다혜
의 조그만 얼굴이 떠올랐다. 나는 왈칵 눈
물이 나왔다. 새로 산 핸드폰을 들고 좋아서
입이 함박만 하게 벌어지던 모습도, 핸드폰 잃어버리고 어쩔
줄을 모르던 모습도 흐릿한데, 눈을 감은 채 밥숟가락을 입에
물고 있던 어린 다혜의 모습은 어제 일처럼 또렷했다. 내 안
에 가득 차올랐던 울음이 목구멍으로 터져 나왔다. 눈물로는
억누를 수 없는 슬픔은 길고도 긴 통곡으로 이어졌다. 김 형
사는 우는 나를 물끄러미 보다가 일어나 현관문을 벌컥 열어
젖혔다. 내리던 진눈깨비는 눈발이 굵어져 있었다. 김 형사는
문 앞에 서서 나를 힐끔 보고는 문을 닫고 나갔다. 불투명한
유리 뒤로 굵은 눈송이가 사선을 그으면서 떨어졌다.

　다혜 시신이 발견된 집에는 여전히 출입 금지를 알리는
노란 테이프가 둘러쳐 있었다. 익숙하게 허리를 숙여 노란 테
이프 아래로 몸을 집어넣었다. 떼어낸 철 대문은 담벼락에 기
대 세워져 있었다. 철 대문을 훔치러 왔던 남자는 다혜 시신
을 발견하고 엉겁결에 경찰에 신고하고 보니 다른 절도 혐의
가 있어서 구속될 판이었다. 경찰서에서 우연히 마주친 그 남

자의 눈빛은 눈 내리는 겨울 하늘처럼 흐릿했다. 남자는 형사 하나를 붙잡고 하소연하고 있었다. 당신네가 못 찾은 시체를 내가 찾아줬는데, 그깟 맨홀 뚜껑 몇 개 훔친 걸 문제 삼으면 안 되지 않소. 그리고 따지고 보면 내가 내 발로 자수한 셈인데, 그냥 가볍게 훈방 조치나 때려주소. 사람 죽인 놈도 활개 치고 다니는데, 나 같은 놈이야 범죄도 아니잖소. 맨홀 뚜껑 그거 몇 푼 되지도 않아요. 남자는 끈질기게 물고 늘어졌지만, 형사는 콧방귀도 뀌지 않았다. 당신, 맨홀에 사람 빠져 죽으면 그것도 살인이야. 꼭 칼을 들이대야 살인인 줄 알아? 남자는 가래를 돋우어 경찰서 바닥에 퉤 뱉고는 소리쳤다. 미필적 고의 뭐 이런 거 말하나 본데, 그럼 이놈의 세상이 다 살인자야. 씨발. 맨홀에 빠져 죽는 놈이 많겠어, 카드 빚 지고 자살하는 놈이 많겠어? 재수가 없을라니까. 엄마와 나를 쳐다보던 그의 눈빛은 차가웠다. 그 남자가 탐내던 철 대문은 이 집이 부서지는 날, 다른 사람 손에 들어가 고물상에 팔릴 거였다.

나는 다혜가 죽은 문간방을 보다가 얼른 고개를 돌렸다. 비명도 지르지 못하고 다혜가 죽어간 그곳을 차마 쳐다볼 수 없었다. 문간방 앞에 몇 겹씩 둘러져 있는 노란 테이프는 어둠 속에서도 또렷하게 보였다. 그 노란 테이프는 죽은 자의 자리와 산 자의 자리를 구분해놓은 것이다. 다혜는 죽었고, 나는 살아 있다. 정말 나는 살아 있다……고 할 수 있을까. 아직 살아 있는 자는 천천히 안방이 있는 쪽으로 걸음을 뗐다. 자박자박 내 발걸음 소리가 텅 비어 있는 온 동네에 울려 퍼지는 것 같아 발뒤꿈치를 들었다. 지선이네 안방 벽장은 다락방으로 이어지는 통로였다. 부엌 천장과 맞닿아 있는 다락방은 지선이 오빠가 쓰던 곳이었다. 허리를 펴면 머리가 기와지붕 서까래에 닿는 다락방에는 마당 쪽으로 난 작은 창이 있는데, 이 창으로는 집에 드나드는 사람을 훤히 볼 수 있었다. 나는 창문 앞에 갖다놓은 스티로폼 깔판에 자리 잡고 앉아 창밖을 주시하면서 주머니에 있던 칼을 꺼내 손에 꼭 쥐었다.

김 형사가 집에 다녀간 뒤로 몇몇 신문에는 경찰이 피해자의 오빠도 수사 중이라는 기사가 실렸다. 한 신문에는 그 오빠라는 인간이 학교 내 폭력에 연루되어 자퇴했다고 친절하게 적어놓았다. 그 기사가 인터넷에 오르자마자 친구 몇 명이 전화했다. 녀석들은 하나같이 주저주저하며 괜찮으냐고 물었다. 아니, 괜찮지 않았다. 종하가 집으로 달려와 무슨 개

뼈다귀 같은 소리냐고 펄펄 뛰지 않았으면, 나는 혀를 깨물었을지도 모른다. 종하는 당장 경찰서에 전화를 걸어 따져야 한다고 했다. 짭새들이 별수 있어. 잡으라는 범인은 못 잡고 피해자 가족한테 죄를 뒤집어씌울 꼼수나 부리니까 짭새라고 하는 거야. 이건 가만있으면 안 돼. 너도 피해잔데, 하루아침에 동생을 잃고 상심에 빠진 가족들한테 이게 할 짓이야? 명예훼손죄로 소송 걸자. 아니 모욕죄, 정신적 피해를 준 죄……. 종하는 갑자기 똑똑해져 경찰과 기자들을 고소할 죄명을 읊어댔다. 모욕죄라는 것도 있나? 중학교 때부터 문제아로 분류되면서 당한 모욕은 헤아릴 수 없이 많다. 수업 시간에 몰래 빠져나간 걸 안 어떤 선생은 너 같은 새끼는 인간으로 대하면 안 된다고 했다. 종하를 팬 선배 오토바이를 때려 부쉈을 때는 한 선생이 내게 평생 인간 노릇 못 할 거라고 했다. 그래도 아무렇지 않았다. 끼어들지도 않은 싸움에 엮여 학교운영위원회에 나갔을 때, 피해자 아버지가 넌 아버지도 없느냐고 했을 때도 괜찮았다. 나는 내가 나쁜 인간이라고 생각하지 않았다. 그렇지만, 나는 나쁜 인간이었다. 내가 범인일지도 모른다고 쓴 인터넷 기사에는 툭하면 주먹을 휘두르던

놈이 제 동생까지 홧김에 죽인 게 틀림없다는 댓글이 수백 건
이나 달려 있었다. 정부 차원에서 학교 폭력에 엄중하게 대처
해서 애초에 싹을 잘라버려야 한다는 글도 있었다. 그런 자식
낳고 미역국을 먹었을 엄마가 불쌍하다는 글도 보였다. 댓글
을 읽어 내려가면서 온몸에 가시가 돋아났다. 그 가시는 몸을
움직일 때마다 내 몸을 찔러댔다. 아파도 아프다고 소리칠 수
없었다. 종하를 돌려보낸 뒤 나는 컴퓨터 앞에 몇 시간을 그
대로 꼼짝 않고 앉아 있었다.

그날 밤, 엄마는 깜깜한 집에 불을 밝히고는 내 방 앞에
서서 말했다. 경찰서에 다녀왔는데, 그 기자들이 기사를 잘
못 쓴 거라고 하더라. 뭔가 오해가 있었나 보다고. 경찰서에
서 신문사에 정정해달라고 했다더라. 기운 빠진 엄마의 목소
리는 땅에 질질 끌리는 듯했다. 나는 도저히 엄마 얼굴을 마
주할 수 없었다. 미안해 엄마. 내 목소리는 땅 밑으로 기어들
어갔다. 네가 미안할 게 뭐가 있어. 기자 놈들이 잘못한걸. 생
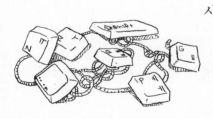사람을 잡아도 유분수지. 엄마는
갈라진 목소리로 힘없이 말
했다. 아냐. 내 잘못이야. 미

안해. 전부다. 엄마는 아무 말도 하지 않았다. 싱크대 옆에 놓인 오래된 냉장고만 윙윙 울어댔다. 냉장고가 잠시 소리를 삼키고 있으면 윗집 아이가 콩콩 걷는 소리, 옆집 텔레비전에서 와글대는 소리, 앞집 현관문 번호 키 누르는 소리가 아주 가까이 들렸다. 모두 살아 있다. 멀쩡하게. 냉장고가 다시 윙 하고 울자 엄마가 흐느꼈다. 울음소리는 서서히 볼륨을 높이듯 커졌다. 입을 크게 벌리고 울음을 토해내던 엄마는 털썩 주저앉아 가슴을 쥐어뜯었다. 나는 알고 있었다. 엄마가 나를 원망하고 있다는 것을. 그날 다혜가 핸드폰을 찾겠다고 나설 때 밤중에 어딜 가느냐고 붙잡아줬다면, 아니 따라나가 같이 있어줬다면, 아니 늦어진다 싶을 때 얼른 찾아보기라도 했다면. 나는 엄마의 긴 울음을 들으면서 내 허벅지를 주먹으로 내리쳤다. 다혜 대신 내가 죽었더라면, 그 작은 것이 얼마나 무서웠을까? 나는 내가 정말 싫었다.

맥가이버칼을 펴서 날카로운 칼날을 손가락 끝으로 훑어보았다. 밤에 잠을 설칠 때마다 수없이 생각해온 일이었다. 어쩌면 범인은 범행 장소에 자신의 흔적이 남았을까 봐 다시 올지 모른다. 아무도 없는 밤을 틈타서. 고양이처럼 이 집으로 찾아들어 다혜 시신을 버린 그 방을 둘러볼 때 소리 없이 다가가 그놈의 등에 칼을 꽂은 뒤 그리고……. 창밖을 내다봤다. 초승달이 새까만 하늘에 걸려 있었다. 아주 작은 소리도 놓치지 않으려고 촉각을 곤두세웠다. 앞집 지붕 위에 씌워져 있던 비닐이 드센 봄바람에 펄럭이는 소리, 건너편 슬레이트 지붕에서 뭔가 도르르 굴러떨어지는 소리, 뒷집 문이 삐걱삐걱 저절로 여닫히는 소리. 사람이 떠난 동네에 남은 집들은 세상이 모두 잠든 밤에도 스스로 허물어지고 있었다. 몇십 년 동안 기와지붕을 잘 이고 있던 외벽에 금이 가고, 멀쩡하게 달려 있던 문짝들이 떨어지며 그 자리에 살았던 사람들의 흔적을 지워버리고 있었다. 곧 이곳은 세상에서 영원히 사라질 것이다. 다혜의 가여운 영혼은 혼자 어디를 떠돌고 있는 걸까. 눈시울이 뜨거워졌다.

주머니에 넣어놓은 핸드폰이 부르르 떨렸다. 엄마일까? 엄마한테는 새벽에 편의점 아르바이트를 한다고 해놓았다. 핸드폰을 꺼내 보니 종하의 문자였다. 우리 계부 왈 너한테 어머니 신경 좀 쓰라더라. 가게에 너 준다고 고기 사러 오셨다는데, 얼굴이 형편없으시더라고. 어머니가 범인 잡는 것만 보면 죽어도 여한이 없다고 하셨다더라. 야, 집에 좀 일찍 기어 들어가라. 문자를 읽는 순간 불현듯 서랍장에 들어 있는 끈 뭉치가 생각났다. 설마? 정신이 번쩍 들었다. 얼마 전 엄마는 이모와 전화 통화를 하면서 뭔 정신으로 사는지 모르겠다, 살아도 사는 게 아니야, 다혜 생각만 하면 당장 죽고 싶다고 했다. 차가운 밤바람이 얇은 점퍼 안으로 스며들고 한기가 느껴지는가 싶더니 머리카락이 쭈뼛 섰다. 손에 들고 있던 맥가이버칼, 그 칼도 엄마 화장대에 있었다. 엄마…….

벌떡 일어나다 서까래에 머리를 찧었지만, 아픈 줄 몰랐다. 다락방에서 풀쩍 뛰어 내려와 빈 마당에 섰다. 초승달이 기운 하늘에는 헤아릴 수 없이 많은 별이 떠 있었다. 다혜가 떠난 방 앞에서 멈칫했지만, 이내 노란 테이프가 가로막고 있는 집 밖으로 튀어나왔다. 노란 테이프는 힘없이 뚝 끊어져 버렸다. 어떤 경계도 보이지 않는 컴컴한 골목길에 나서자 허방을 딛고 서 있는 것 같았다. 나는 숨을 고르고 힘껏 내달렸다. 돌부리에 걸려 앞으로 나동그라질 것 같았지만, 걸음을 늦출 수 없었다.

골목 끝 세상에 엄마가 혼자 있다.

작가의 말

어릴 적 할머니 손을 잡고 할머니 친정집으로 제사를 지내러 가곤 했다. 늦가을이었다. 추수를 끝낸 들판은 황량했고, 논둑 사이로 도도록하게 닦아 놓은 길은 달빛을 받아 새하얗게 보였다. 쇠고기며 과일을 산 보퉁이를 머리에 인 할머니의 잰걸음을 쫓다 보면 금방 지쳐 종아리가 땅겼다. 아스라이 보이는 마을의 불빛은 걸어도 걸어도 가까워지지 않았다. 그럴 때면 더럭 겁이 났다. 영영 그곳에 닿지 못할까 봐. 그때처럼 세상을 살아가면서도 종종 겁이 난다. 어디까지 얼마나 달려야 할지 알 수 없어서. 그리고 이 길 끝에 무엇이 기다리고 있을지 알 수 없어서. 누구나 그렇다. 나만 한 치 앞도 보이지 않는 어두운 길에 내동댕이쳐진 게 아니라 모두가 그렇다. 그래도 걸어간다. 살아간다. 길을 밝히는 불빛이 없어도, 따뜻한 손 맞잡아줄 사람이 없어도 살아간다. 한 발자국 한 발자국 떼는 나를 믿고 살아간다. 그게 삶이다.

김해원

2000년 한국일보 신춘문예에 단편동화가 당선되면서 작가의 길에 들어섰다. 2003년에 『거미마을 까치여관』으로 MBC창작동화 대상을, 2008년에 『열일곱 살의 털』로 사계절문학상을 받았다. 지은 책으로는 『고래벽화』 등이, 함께 쓴 책으로 『가족입니까』 등이 있다.

네가 있는 그곳

이성숙

나는 너를 피넛프라자 옥상에서 처음 만났다.

　마음이 죄여와 걷잡을 수 없을 때마다 나는 그곳을 찾았다. 동네 상업지구 외곽에 자리한 그곳은 언제나 나를 위해 열려 있었다. 게다가 누구에게도 방해받지 않고 조용히 시간을 보낼 수 있는 장소였다. 옥상 난간에 기대 아찔한 기분으로 밑을 내려다보며, 머지않아 이곳이 내 마지막 장소가 될 거라 생각했다.

　그날 옥상 문을 열고 들어선 나는 네 모습을 보고 숨이 턱 막히고 말았다. 너는 옥상 난간 위에 엉거주춤한 자세로 서 있었다. 너는 금방이라도 떨어질 듯 위태로워 보였다. 석양으로 물든 붉은 하늘을 마주선 너는, 마치 커다란 불덩이 앞에 떨고 있는 작은 새 같았다.

　나는 순간 어찌해야 할지 갈피를 잡지 못하고 허둥댔다.

어쩌면 오늘 아니면 내일, 내가 있을 자리에 네가 서 있었다. 어떤 아픔이 너를 그 위에 서도록 했는지 모르지만 너를 그 자리로 이끈 아픔을 나는 느낄 수 있었다. 그런 너를 말리는 게 옳은지 혼란스러웠다. 그렇다고 내 눈앞에서 뛰어내리는 너를 아무렇지 않게 바라볼 용기도 없었다.

"야, 저기……."

너를 부르기엔 너무도 희미한 소리였다. 그 순간 너를 그 위에서 끌어내릴 힘이 내겐 없다고 생각했다. 셀 수 없이 이곳을 찾아왔지만 단 한 번도 너처럼 그 위에 서지 못했다. 마음이 없어서가 아니라 용기가 없었다. 너를 그 위에 서게 한 절박함을 감히 가로막을 수 없을 것 같았다.

뜻밖에도 너는 나를 돌아보았다. 네 눈은 불안스레 흔들리고 있었고 잔뜩 겁에 질린 얼굴이었다. 너는 놀란 토끼처럼 난간에서 후다닥 뛰어내리더니 마치 누군가에게 쫓기는 사람처럼 내게 다가왔다.

나는 너무 당황스러워 이대로 도망치고 싶었다. 하루에도 수없이 많은 사람들과 마주치지만 그건 스쳐 지나는 우연일 뿐이다. 하지만 너는 다른 느낌이었다. 우연이라고 하기엔 너와 나의 절박함이 너무도 닮아 있었다. 그런 너와 마주 서는 게 나는 무척이나 당혹스러웠다.

"도망쳐."

네 목소리는 오래 묵은 악기처럼 갈라져 나왔다. 그 울림이 주는 공포감에 나는 소름이 돋았다. 너는 다짜고짜 내 팔목을 잡더니 달리기 시작했다. 건물 계단을 뛰어내리며 나는 몇 번이나 발을 헛디뎌 넘어질 뻔했다.

하지만 나는 무엇엔가 홀린 듯 네 손을 뿌리칠 수 없었다. 내 팔목을 쥔 네 손은 단호하고도 분명했다. 그건 거역할 수 없는 단단한 힘처럼 느껴졌다.

우리는 무시무시한 괴물에게 쫓기기라도 하듯 허겁지겁 길을 달렸다. 힐끗힐끗 뒤돌아보는 너를 따라, 나도 두려움에 찬 눈으로 뒤를 돌아보았다. 쫓아오는 사람은 보이지 않았지만 우리는 멈추지 않았다. 얼마나 달려야 할지 알 수 없었다.

"숨을 만한 곳이 있어."

언제까지 달리기만 할 수는 없었다. 나는 숨을 헐떡이며 너를 잡아 세웠다.

나는 가방을 뒤져 열쇠 하나를 찾아 들었다. 우리는 지린

내가 풍기는 허름한 건물 지하 창고에 찾아들었다. 그곳은 내가 얼마 전까지 드나들던 연습실이었다.

고등학교 1학년 여름, 나는 베이스 기타에 푹 빠졌다. 두툼한 현에서 튕겨 나오는 강인하고 꾸밈없는 울림이 나는 좋았다. 기타 학원엔 수능 시험이 끝난 뒤에나 보내주겠다는 엄마 말에 나는 혼자서 기타 연주법을 익혔다.

그때까지만 해도 엄마는 크게 반대하지 않았다. 잠시 휴식을 즐기는 정도는 허락해주었고 무엇보다 성적에 영향을 미치지 않아 엄마는 안심했다. 하지만 2학년에 올라온 올해 봄, 나는 엄마 몰래 밴드에 들어갔다. 이미 활동하고 있던 학교 내 밴드였는데 베이스 기타를 맡던 녀석이 그만두는 바람에 빈자리가 생긴 터였다.

이 연습실은 밴드 리더인 아이 삼촌이 빌려준 창고였다. 오늘은 연습이 없는 날이라 연습실은 비어 있었다.

연습실에 들어온 뒤에도 너는 잔뜩 겁에 질린 모습이었다. 마치 나에겐 보이지 않는 무언가를 보듯 네 눈은 허공을 훑으며 불안스레 흔들렸다. 순간 너는 뒷걸음질 치더니 연습실 구석에 웅크렸다.

네가 느끼고 있는 공포가 순간 이상하다고 느꼈다. 그러고 보니 넌 하복을 입고 있었다. 이웃 학교 교복이라는 걸 한눈에 알아챘다. 가을이 깊어가고 있는데 지금껏 하복을 입은 아이를 본 적이 없었다. 그 순간 나는 정신이 말짱해지는 걸 느꼈다.

뜻하지 않은 상황에서 홀린 듯 너를 따라 이곳까지 왔는데, 정신을 차리고 보니 모든 게 어이없고 바보스럽게 느껴졌다. 몸을 웅크린 채 떨고 있는 너를 보니 혹시 네가 정신병원에서 도망쳐 나온 아이가 아닐까 하는 생각까지 들었다.

나는 잠시 호흡을 가다듬었다. 요사이 지치고 의기소침해져 퍽이나 마음이 약해져 있었다. 어쩌면 그런 마음 때문에 어이없이 네게 동요하고 말았는지 모른다.

"왜 그 옥상에서 뛰어내리려고 한 거야?"

다른 건 몰라도 그것만큼은 내가 제대로 본 것이라 믿었다.

"살려줘. 나…… 살고 싶어."

애원이라도 하듯 너는 나를 바라보았다. 순간 화가 났다.

단 하나 내가 확신하고 있던 것조차 어이없이 무너졌다. 네가 정신이 온전하지 않은 아이라는 생각이 들었다. 그런 너에게 휘둘린 나 자신이 부끄럽고 한심했다.

"너 뭐냐? 정신병원에서 탈출했냐? 아님 누구한테 괴롭힘 당해서 정신 줄 놓은 거냐?"

내 입에서 거친 말이 쏟아져 나왔다. 너는 울음이 터질 듯 일그러진 얼굴을 절레절레 흔들었다.

"무서워. ……이건 내가 원한 게 아니야……. 너무 괴로워. ……나 살고 싶어."

너는 앞뒤 맥락도 없는 말을 주절거렸다.

"그래 살아 새끼야! 누가 말리냐! 살고 싶은 새끼가 그 위 엔 왜 올라간 건데!"

터져 나오는 화를 참을 수 없었다. 너를 이 연습실에서 당 장 쫓아내고 싶었지만 차마 그럴 수 없었다. 진짜든 아니면 환상이든 네가 누군가에게 쫓기고 있는 건 확실해 보였다. 너 를 도와줄 마음의 여유나 선량함이 내겐 없었지만, 굳이 궁지 로 몰아넣고 싶은 마음도 없었다.

혹독한 질책이라도 받은 사람처럼 너는 두 팔로 무릎을

감싸 안았다. 마치 넌 바람 빠진 공처럼 작아 보였다. 그런 네
모습이 문득 측은해졌다. 너도 어깨를 당당히 펴고 거리를 활
보하던 때가 있었을 것이다. 넌 키도 헌칠하게 큰 편이었고 하
얀 피부에 반듯하게 선 콧날이 제법 호감을 주는 얼굴이었다.
그런 네가 이 지경까지 된 데에는 분명 사연이 있을 것이다.

"갈 때 문이나 제대로 닫고 가라."

나는 너에게서 빨리 벗어나고 싶었다. 내 문제만으로 벅차
고 힘이 들었다.

"너한테 부탁할 게 있어서 왔어."

돌아서는 나를 네가 잡아 세웠다. 어느새 너는 내 뒤에 다
가와 있었다.

"뭔 소리야?"

마치 일부러 나에게 온 사람처럼 말하는 네가 나는 짜증
스러웠다. 너를 만난 건 오늘이 처음이었고 내가 과하게 반응
하긴 했지만 그건 분명 우연일 뿐이었다.

넌 바지 주머니에서 하얀 편지 봉투를 꺼내더니 내게 내
밀었다.

"이걸 좀 전해줘. 너라면 해줄 거라 생각했어."

너와 더 이상 얽히는 건 싫다고 말하려 했는데, 이미 내 손이 네 편지를 받아 들고 있었다. 네 눈빛이 나를 움직였다. 옥상에서 처음 본 순간 너에게 느꼈던 절박함이 나를 끌어당기고 있었다. 너에게 휘둘리지 않겠다는 내 의지가 한순간에 무너지고 만 것이다.

나는 허둥지둥 연습실을 나와버렸다. 너를 믿을 수 없어서가 아니라 나를 믿을 수 없었다. 분명 정신 나간 놈이라고 생각하면서도 너에게 동요하는 내 마음을 걷잡을 수 없었다.

집으로 가는 걸음은 무겁기만 했다. 엄마 몰래 밴드에 들어간 뒤 성적이 곤두박질치기 시작했다. 내 온 신경은 기타 줄에 머물러 있었고 다른 아이들과 화음을 맞추며 곡 하나를 완성해가는 즐거움에 푹 빠져 있었다. 눈앞에 책을 펼쳐놓아도 내 손가락은 허공 속에 기타 코드를 잡고 있었다. 성적이 떨어지는 건 너무도 자연스러운 일이었다.

하지만 그걸 받아들이기 힘들었다. 전교 일, 이등을 다투는 성적은 아니지만 대체로 상위권에 머물러 있던 성적이었다. 성적이 떨어지는 건 날 우울하게 했다.

그래서 하지 말아야 할 일을 했다. 성적 위조. 처음엔 밴드 활동이 들통 날까 봐 시작한 일이었는데 멈출 수 없었다. 성적 때문에 걱정하는 나에게 밴드 리더인 아이가 친구 하나를 소개해주었다. 녀석은 스캔한 성적표를 컴퓨터에서 조작해 실제와 거의 똑같은 성적표를 다시 만들어냈다. 물론 약간의 수고비를 쥐여줘야 하긴 했지만 당장 눈앞의 걱정거리를 날려주었다.

하지만 그 일은 끝이 뻔히 보이는 일이었다. 언제까지 엄마와 아빠를 속일 수 없다는 걸 나는 곧 깨달았다. 2학기가 시작되면서 악몽에 시달렸다. 나는 그리 뻔뻔한 아이가 아니다. '들키면 한번 쪽팔리고 혼나는 거지 뭐' 하고 넘길 만큼 낯짝이 두껍지 못했다.

엄마 아빠는 내가 성적을 위조할 수 있다고 상상조차 못 할 것이다. 그 흔들리지 않는 믿음이 나를 더 힘들게 한다. 요즘은 엄마 아빠 얼굴을 보는 것조차 괴롭다. 그리고 언제 들킬지 모른다는 조바심으로 내 마음은 온전히 편안한 날이 없다.

점점 떨어지는 성적에 나는 겁이 나기 시작했다. 베이스 기타가 내 인생을 책임져주지는 못한다. 최고로 성공하는 경우가 아니면 그걸로 밥벌이하긴 힘들다. 기타 줄을 튕길 때 느끼는 짜릿함이 날 흥분시키지만 최고가 될 만한 재능이나 천재성이 내겐 없다. 결국 내 미래는 성적이 좌우한다. 기타를 내 취미로 즐기며 살기 위해서도 좋은 성적으로 안정적인 직업을 가진 사회인이 되어야 한다.

이 모든 건 엄마 아빠가 귀에 닳도록 한 이야기다. 하지만 나 또한 그걸 부정하지 못한다. 지금까지 살아오면서 성적은 내 자부심이었고 자존심이었다. 성적이 곤두박질치고 오를 기미가 보이지 않자 나는 점점 더 초조해졌다.

기타를 치는 것도 점점 흥이 나지 않았다. 내가 정말 원하는 게 무엇인지 혼란스러웠다. 돌이킬 수 있는 길도, 앞으로 나아갈 길도 보이지 않는다는 걸 느낀 순간 나는 모든 일에 무기력해졌다.

결국 얼마 전 밴드도 그만두었다. 하지만 마음을 잡을 수가 없다. 머리는 공부에 집중해야 한다고 하지만 몸은 따라주지 않았다. 그 사이에 낀 내 마음은 점점 우울하고 나약해지고 있다.

밴드를 그만두고 나서 2학기 중간고사 땐 성적을 만회해

보려고 했지만 그러지 못했다. 2학년 말이 되면서 아이들은 공부에 더 열을 올렸다. 그 아이들을 따라잡기 위해선 미친 듯이 공부해야 하는데, 요즘 난 자신이 없고 두려움만 앞선다. 결국 또다시 위조된 성적표를 엄마에게 들이밀었다.

이 악순환에서 빠져나갈 힘도 능력도 잃어버렸다. 그리고 그 끝도 머지않았다는 걸 알고 있다. 요사이 엄마는 담임을 찾아가 면담을 해야겠다고 벼르고 있다.

엄마가 담임과 면담을 하는 순간 모든 게 끝장이다. 나에 대한 실망과 배신감으로 굳어진 엄마 아빠의 얼굴을 볼 자신이 없다. 아무런 뒷감당도 하지 못하고 벌벌 떨고 있는 나 자신이 한심하다.

"현석이 왔니?"

집에 들어서자 엄마가 나를 반겼다. 오늘은 퇴근을 일찍 한 모양이다. 엄마를 보자 내 심장이 또 가빠지기 시작했다.

"오늘 야자는 안 했어?"

"어. 수행평가 준비할 게 있어서."

나는 대충 둘러대고 내 방으로 들어갔다. 방문을 닫으려는데 엄마가 따라 들어왔다.

"엄마 내일 월차 냈어. 담임 선생님 찾아뵈려고."

"왜?"

신경이 곤두선 탓에 말투에 짜증이 묻어났다.

"왜긴. 우리 아들 학교생활 얼마나 잘하고 있는지 칭찬 듣고 싶어서 그러지."

엄마는 나에 대한 자부심이 가득 담긴 눈으로 웃었다.

"요즘 담임 바빠. 오지 마."

건성인 척 말을 했지만 내 마음은 절박했다.

"그런 걱정은 마세요. 벌써 담임 선생님이랑 통화했어. 약속 시간도 잡았고."

엄마는 뭐가 좋은지 싱글벙글하다. 성적표를 위조해준 녀석이 이번 중간고사는 서비스라며 평소 하던 것보다 성적을 높여놓았다. 엄마는 내 성적이 오른 것에 퍽이나 만족스런 모양이다. 그 성적의 진실을 알게 되면 엄마는 어떤 표정일까? 생각만 해도 가슴이 조여오고 갑갑하다.

잠이 오지 않는다. 나는 내일 벌어질 일을 감당할 수 없다. 나도 모르게 눈물이 났다. 꿈도 자신감도 있던 때가 있었다. 하지만 그게 현실이었는지 실감이 나질 않는다. 지금 내가 실감하는 건 너덜너덜하고 무기력해진 자신뿐이다. 이대로 사라지고 싶다. 피넛프라자 옥상이 떠올랐다. 내일 그곳이 내마지막 장소가 될 거라 예감하면서 눈을 감았다.

하루 종일 쫓기는 사람처럼 안절부절못했다. 앞에서 떠들어대는 선생님 목소리도 웅웅거리며 들어오지 않았다. 나는 초점 없는 눈으로 멍하니 칠판만 바라보았다. 수업 시간이 하나둘 끝나갈수록 조바심도 커졌다. 모든 수업이 끝나갈 즈음 나는 가슴이 조여들어 숨조차 쉬기 힘들었다.

종례를 시작하기 전에 교실을 나와버렸다. 엄마와 마주칠까 봐 후문으로 학교를 빠져나왔다. 곧 나에 대해 실망할 엄마, 아빠 그리고 담임. 내가 사라지고 나면 그 순간과 마주하지 않아도 된다는 게 지금 가장 큰 위안이다.

어느새 나는 연습실 앞에 와 있었다. 신경을 쓰지 않으려해도 자꾸 네가 떠올랐다. 연습실 구석에서 떨고 있던 네 모습이 떨쳐지지 않았다. 연습실은 텅 비어 있었다.

문득 네가 전해주라던 편지가 떠올랐다. 바지 주머니에 대충 찔러 넣었던 편지를 꺼내 들었다. 옆 동네 주소가 적혀 있었고 수신자는 여자 이름이었다. 김하영. 여자 친구에게 보내는 편지인가 싶어 조금 허탈해졌다. 지금 난 정신이 이상한 녀석이 보내는 연애편지를 배달할 만큼 한가로운 사람이 아니다.

구석에 세워진 기타를 집어 들었다. 튜닝을 마치고 몇 곡 쳐보았다. 베이스 기타가 주는 묵직한 리듬감이 좋았다. 마지막이라는 생각에 울컥하기도 했지만 크게 미련이 남는 건 아니었다.

나는 피넛프라자 옥상으로 갔다. 수없이 이곳을 찾았지만 오늘은 더 이상 물러설 수 없다는 걸 알았다. 난 이미 막다른 골목에 서 있었고 내가 선택할 수 있는 건 오직 사라지는 일 뿐이었다.

나는 네가 서 있던 난간 위로 올라갔다. 서늘한 바람이 끼쳐왔다. 아찔하게 내려다보이는 골목엔 오가는 사람도 없었다. 지금 여기서 한 발 앞으로 내딛기만 하면 모든 것이 끝이다. 그럼 나를 괴롭혔던 마음의 짐들도 다 내려놓을 수 있을 것이다.

문득 어제 이 위에 서 있던 너는 어떤 마음이었을까 궁금해졌다. 무언가에 쫓기듯 다급해하고 있던 네 모습이 나와 크게 다르지 않다고 생각했다. 너와 나는 도망치는 것밖에 다른 선택이 없는 가여운 인생이었다.

나는 옥상 위로 풀쩍 뛰어내렸다. 네가 나에게 건네준 편지가 내 뒷덜미를 잡았다. 사라지는 건 잠시 미룰 수 있는 일이었다. 내 마음을 움직였던 네 눈빛, 그 간절함을 나는 죽기 전에 들어주기로 마음먹었다. 잠시 내가 동요했던 그 가여운 인생을 위한 내 마지막 선행이 될 것이다.

편지에 적힌 주소를 찾는 일은 어렵지 않았다. 무작정 들어간 부동산에서 친절하게 그 집을 가르쳐주었다.

낮은 언덕배기에 오래된 빌라 세 채가 나란히 자리하고 있었다. 봉투에 적힌 정원빌라가 틀림없었다. 주변에 새로 생긴 빌라들에 눌려 그곳은 더 누추하고 음산해 보였다.

어두운 계단을 올라 302호 앞에 섰다. 초인종을 누르고 문을 두드려보았지만 안에선 아무런 대답이 없었다. 집이 비어 있는 모양이었다. 허탈한 기분으로 돌아서는데 앞집에서 나온 나이 지긋한 아주머니가 내게 알은척을 했다.

"무영이 친군가? 오늘 이사 갔는데."

"저 무영이 친구 아닌데요."

무영이가 누군지도 모르는데 친구로 오해받고 싶진 않았다.

"에고, 교복 입은 걸 보고 무영이 친구인 줄 알았네. 이 집엔 무슨 볼일로?"

"이걸 전해주려고요."

나는 아주머니에게 편지를 보여주었다.

"김하영. 이 집 애 엄마 이름이네."

아주머니는 대뜸 혀를 끌끌 찼다.

"혼자 아들 하나 키우는 재미로 살았는데 그 아들이 올여름에 자살을 했잖아."

나는 순간 등골이 오싹해지는 걸 느꼈다. 아주머니는 푸념할 상대를 찾고 있었던 듯 주절주절 말을 늘어놓았다.

"모질기도 하지. 학교에서 돌아와 교복 입은 채로 집에서 목을 맸지 뭐야. 유서 한 장 안 남기고 말이야. 아들 죽고 애 엄마 반은 정신이 나가 눈물 바람만 하다가 얼마 전에 입원했잖아. 자식 그렇게 보내고 그 에미가 무슨 속으로 살아가겠냐고. 오늘 삼촌이 혼자 와서 이삿짐을 싸더라. 에고, 사람 무너지는 거 한순간이야. 죽은 애도 그렇고, 그걸 가슴에 묻고 사는 에미도 그렇고, 다 불쌍해서 어째."

나는 가슴이 철렁 내려앉았다. 지금 이 상황을 어떻게 이해해야 할지 알 수 없었다. 네가 나에게 전해주라던 편지는 자살한 아들 때문에 병원에 입원해 있다는 엄마에게 부치는 것이었다. 도대체 너와 김하영이라는 아줌마는 어떤 관계일까?

순간 머릿속이 혼란스럽고 가슴이 뻐근해졌다. 나는 네가 준 편지를 아주머니에게 건네고 허둥지둥 계단을 내려왔다. 아주머니는 편지를 꼭 전해주겠다고 했다.

빌라 현관 앞에서 나는 잠시 숨을 고르고 서 있었다. 옥상 난간에 서 있던 너를 처음 보았을 때 느꼈던 당혹감이 밀려왔다.

빌라 앞에는 이사 가면서 버리고 간 물건들이 쌓여 있었다. 누군가 쓰던 책상과 의자, 책과 공책 들. 그건 방금 전 아주머니가 말한 자살한 아들의 물건이라는 걸 알 수 있었다. 고등학교 2학년 교과서와 참고서를 보면서 내 등에선 식은땀이 흘러내렸다.

쌓인 물건 속에서 나는 삐쭉 나온 노트 하나를 집어 들었다. 노트 표지엔 반듯한 글씨체로 정무영이라는 이름이 적혀 있었다. 나는 떨리는 손으로 노트를 넘겼다. 언뜻 보기에도 일기장인 듯했다. 노트 사이에서 사진 한 장이 툭 떨어졌다.

사진을 집어든 나는 숨이 턱 막히고 말았다. 사진 속엔 환하게 웃고 있는 네가 있었다. 그럴 리 없다고 고개를 흔들었지만 사진 속 아이는 분명 너였다. 겁에 질려 일그러진 얼굴이 아닌 한껏 해맑은 얼굴로 너는 웃고 있었다.

나는 반쯤 얼이 나간 채 골목을 빠져나왔다. 도대체 내 앞에 나타났던 너는 누구인가? 현실에서 죽은 사람이라면 영혼이라고밖에 달리 생각할 수 없었다.

나는 후들거리는 다리를 주체할 수 없어 공원 벤치를 찾아 풀썩 주저앉았다. 그리고 조심스럽게 네 일기장을 펼쳤다.

2월 13일

사각 프레임 속에 들어간 세상은 현실을 담고 있지만 영원히 멈춰진 또 다른 시간이다. 시시각각 변화하는 세상에서 한 장면을 포착해 사진기에 담아내는 일이 정말 마음에 든다. 빛과 어둠이 만들어낸 사진 속 세계는 나와 세상이 함께 만들어낸 또 다른 세계다. 시간은 끊임없이 흘러가지만 나는 그 시간 속에 멈춰진 한 순간을 나만의 시선으로 건져 올린다.

나는 오늘 우연히 눈 위에 얼어 죽은 새 한 마리를 발견하고 사진기에 담았다. 마음에 드는 사진이다. 죽은 새의 사연. 이야기가 담긴 사진을 건져 올리기란 쉬운 일이 아니다. 오늘은 한마디로 횡재한 날이다.

    너는 사진작가를 꿈꾸고 있었다. 사진기 속에 담을 세상을 찾아 눈을 반짝이며 거리를 활보하는 너를 상상하기가 쉽지 않았다. 이런 네가 왜 스스로 목숨을 끊었는지 이해할 수 없었다. 내가 본 너는 불안에 떠는 눈으로 무엇엔가 쫓기고 있었으니까. 나는 너를 죽음으로 이끈 단서를 찾기 위해서 일기장을 뒤적였다.

4월 25일

얼마 전에 용돈을 모아 얀 샤우덱 사진집을 구입했다. 그의 사진은 내게 충격이었다. 그는 사람의 알몸을 아름답게 치장하기보다는 솔작하고 대담하게 담아냈다. 인간의 몸이 보여주는 생명, 자연스러움이 느껴진다. 그리고 모델들마다 그 몸이 가진 이야기를 들려주는 듯해 더 마음에 든다. 사진 위에 색을 덧칠한 작업도 환상적인 분위기를 더해준다.

나도 이런 작업을 해보고 싶다.

5월 9일

자연을 담고, 일상을 담는 일도 즐겁지만 요즘 나는 사람의 몸을 찍는 일에 푹 빠져 있다. 모델이 필요한 일이라 나 자신이 모델이 된다. 열여덟, 내 나이가 주는 내 몸의 느낌을 사진기 속에 담아내느라 나는 진땀을 흘리고 있다.

내가 처음 베이스 기타에 빠졌을 때가 떠올랐다. 손가락 끝이 까져 진물이 날 때까지 밤을 새워 기타 줄을 튕기던 순간들. 내가 살아 있다는 걸 온몸으로 느꼈던 순간이었다. 그것이 지금 나를 벼랑으로 몰아간 첫발이었지만 시간을 돌이킨다 해도 나는 똑같은 선택을 했을 것이다.

6월 16일

그동안 실험 삼아 짝은 사진 중 마음에 드는 몇 장을 블로그에 올렸다.
내 알몸이라 조금 망설였지만 작품으로 보자면 꺼려질 일도 아니다.
달리는 자세로 한 손에 든 바람개비가 돌아가는 사진이 가장 마음
에 든다. 물론 내 중요 부위는 다리 사이로 교묘히 감췄다.
연약한 듯하지만 희망과 의지가 느껴져서 좋다. 바람개비를 돌리기
위해서 선풍기까지 설치하고 짝은 사진이다.
내가 스스로 모델이 된다는 건 많은 계산과 노력이 필요하다. 사
진기에 맞춰놓은 프레임 안에 내가 정확한 구도로 들어가야 하니
말이다. 그 한 장을 건지기 위해 나는 무려 서른여섯 장을 찍었다.

6월 27일

블로그에 올린 내 사진이 문제 되고 있다.
사진 밑으로 줄줄이 달리고 있는 악성 댓글들이 나를 괴롭힌다.
소문이 났는지 날이 갈수록 방문자 수도 늘고 그만큼 악성 댓글도
늘어나고 있다.
차마 입에 담을 수 없는 비난과 욕설이 나를 찌른다.
알몸 사진을 무조건 성적인 것으로 몰아가는 너절한 새끼들.

7월 1일

댓글 따위엔 마음 쓰지 않으려고 하는데 그게 마음대로 되지 않는다.
이름도 모르는 수많은 사람들이 왜 나에게 이처럼 무차별적으로 공
격을 해대는지 알 수 없다. 나는 그들에게 해를 끼친 게 아무것도
없는데.
내가 마치 세상을 오염시키는 악취 나는 쓰레기인 양 말하고 있다.
난 단지 찍고 싶은 사진을 찍었을 뿐인데.

7월 5일

너무 힘들고 괴롭다.
이젠 사진기를 들기가 무섭다.
내가 할 수 있는 일은 아무것도 없다. 그저 사냥감이 되어 물어뜯
길 뿐이다.
나를 이상한 변태로 몰아가는 사람들이 무섭다.
자유로워지고 싶다.
죽고 싶다……. 저 세상에선 지금처럼 힘들고 괴롭진 않겠지.

　　네가 느꼈을 두려움과 외로움이 느껴졌다. 그래도 나는 네

가 부러웠다. 적어도 넌 네가 가고 있는 길에 대한 확신이 있
는 듯했다.

7월 10일

일이 끔찍하게 커지고 말았다. 누군가 블로그 사진을 보고 내 신상
을 털었다.
그리고 그걸 학교에 제보했다. 나는 선생님에게 불려 갔다.
선생님은 블로그에서 사진을 내리고, 그런 사진은 찍지 않겠다는 반
성문을 쓰도록 했다.
선생님도 그것이 작품이라는 걸 이해하지 못한다.
나는 반성문을 쓰는 내내 치욕스러웠다.
세상이 싫다.
내가 더러운 게 아니라 그걸 더러운 시선으로 보는 너희들이 더러운
거다.

7월 11일

엄마가 학교로 불려 왔다.
선생님 앞에서 고개 숙이고 눈물을 흘리는 엄마를 보기가 너무나 힘

들다. 혼자서 나를 키우기도 힘든데 엄마에게 너무나 큰 상처를 주었다. 축 처진 어깨로 다시 직장으로 가는 엄마 뒷모습을 보고 울컥 눈물이 나왔다.

아이들이 나를 보고 변태 새끼라고 수군거린다.

아이들이 무섭다.

편히 쉬고 싶다. 저 세상에서 자유롭게 날고 싶다.

네 일기는 여기서 끝이 나 있었다. 그다음 네가 선택한 게 무엇인지 나는 알 수 있었다. 나는 떨리는 손으로 네 일기장을 덮었다. 마지막 순간까지 네가 얼마나 고통스러웠을지 알 것 같았다. 어쩌면 지금 내가 느끼는 가슴 조이고 무기력한 마음보다 더 힘들었을 것이다.

울컥 화가 치밀어 올랐다. 넌 편히 쉬고 싶어서, 자유롭고 싶어서 네 삶을 놓아버렸다. 하지만 내가 만난 너는 자유롭지도 편안하지도 않았다. 오히려 넌 더 불안해했고 외로워 보였다.

고통은 네가 선택한 죽음으로 끝나는 게 아니었다. 어쩌면 목숨을 버리던 그 순간에 네가 느꼈을 고통이 널 영원히 얽어매고 있는 건지 모르겠다.

나는 거리를 헤매며 너를 찾았다. 너를 다시 만나지 않으면 참을 수 없을 것 같았다. 네가 왜 내게 나타났던 것인지, 넌 나에게 무슨 말을 하고 싶었던 것인지 묻고 싶었다. 네가 더 힘겨웠다는 걸 보여주고 싶은 거냐, 그래서 내가 비겁하다는 걸 확인이라도 하겠다는 거냐며 따지고 싶었다.

난 비겁한 게 아니라 너만큼 힘들고 아프다는 걸 말해주고 싶었다. 죽을 만큼 아픈 건 나도 너와 다르지 않다고. 네고통이 더 컸다고 말하지 말라고 소리라도 지르고 싶었다.

연습실에도 다시 가보고 너와 달렸던 거리를 미친 듯이 뛰어다녔다. 내 앞에 한 번 나타났던 네가 두 번이라고 나타나지 못할 건 없지 않은가? 하지만 넌 내 앞에 다시 나타나지 않았다.

나는 치친 걸음으로 다시 피넛프라자 옥상에 섰다. 어제너를 처음 보았을 때처럼 서쪽 하늘은 불덩어리를 안은 듯붉게 물들어 있었다. 나는 가슴이 터질 듯한 노여움으로 소리쳤다.

"야! 정무영! 나보고 뭘 어쩌라는 거냐! 네가 있는 그곳에 서라도 자유롭고 편안해야 하잖아! 뭐야! 이게 뭐냐고!"

"도망쳐."

네가 나에게 처음으로 던졌던 말이 환청인 듯 들려왔다.

"어디로, 도대체 어디로 도망치라는 거야! 여기도 나한텐 죽을 만큼 힘들단 말야 새끼야!"

나는 보이지 않는 너에게 고래고래 소리를 질렀다.

"무서워. ……이건 내가 원한 게 아니야……. 너무 괴로워. ……나 살고 싶어."

연습실에서 네가 했던 말이 다시 들려왔다. 살아야 한다고, 죽을 만큼 힘들어도 살아야 한다고, 너는 내게 말하고 있었다.

나는 울컥 눈물이 났다. 돌아갈 용기가 없다고 고개를 흔들었다. 나는 이미 너덜너덜한 누더기가 되어 있었고, 물먹은 솜처럼 무기력했다. 다시 돌아간다 해도 나아질 게 없었다.

한동안 네가 바라보던 하늘을 보며 울었다. 그곳에 있는 너처럼 나도 무섭고 괴롭다고 서럽게 울었다. 너는 더 이상 아무 말이 없었다. 네가 이미 하고 싶은 말을 다 했다는 걸 난 알고 있었다.

어둠이 내려앉을 즈음, 나는 내가 비겁한 놈이라는 걸 인정할 수밖에 없었다. 상황을 이 지경으로 몰아온 건 내 비겁함 때문이었다. 또 그걸 회피하기 위해 나는 더 비겁해지고 말았다.

사진 속에서 환하게 웃고 있던 네가 떠올랐다. 문득 그 얼굴이 무척이나 보고 싶었다. 나는 비겁해지지 않기 위해 네가 있는 그곳을 등지고 집으로 걸음을 옮겼다.

작가의 말

청소년들의 자살 소식을 들을 때마다 가슴이 미어집니다. 그네들을 벼랑으로 몰아낸 우리 어른들의 책임이 큰 것 같아 미안하고 안타깝습니다. 삶을 배우기도 전에 성큼 죽음을 향해 걸음을 내디뎌버린 그네들의 선택에 또 속이 상합니다.

살다 보면 우리는 아픔의 순간, 좌절의 순간, 외로움의 순간과 마주하게 됩니다. 그 순간들은 결코 영원히 계속되지 않습니다. 아픔의 순간 뒤에는 보다 성숙해진 자신이 있고, 좌절의 순간을 이겨내면 희망이 보입니다. 외로움의 순간을 견딘 뒤엔 사랑이 기다리고 있습니다.

우리 청소년들이 아픔, 좌절, 외로움을 삶의 과정으로 유연하게 받아들일 수 있었으면 합니다. 그리고 그 뒤에 맞이하게 될 희망과 사랑을 한껏 누릴 수 있길 바랍니다.

이성숙

대학에서 불문학을 전공한 뒤, 방송국 구성작가로 일하며 KBS 단막 드라마 〈종이꽃〉 대본을 썼다. 지금까지 청소년 소설 『우리는 땅끝으로 간다』, 장편동화 『내 몸속에 벌레 세 마리』 『화성에서 온 미루』 『달이 구만 리 저승길 가다』, 에세이집 『고맙습니다. 참. 고맙습니다』를 냈다.

아름다운 소녀에게

전아리

그 여자애는 D쇼핑몰 모델이었다. 우리는 그 사실을 한참 뒤에야 알았다. 그도 그럴 것이 인터넷상에서 그 애는 가명으로 활동했으며, 실물과 모니터 화면 속 사진이 판이하게 달랐기 때문이다. 블로그에 공개된 그 애의 이름은 '김마리아'였다. 블로그 메인 화면에는 늘 긴 생머리의 인형 같은 사진이 걸려 있었다. 조선시대 백자만큼 창백한 얼굴에 깊은 미로처럼 맑고 검은 눈동자. 손을 뻗어 만지고 싶을 정도로 아찔하게 올라간 속눈썹과 입술산이 살짝 치켜 올라간 복숭아색의 얇은 입술. 아마 그 애 부모였더라도 못 알아봤을 것이다. 1년 가까이 신비주의에 싸여 있던 그 애의 실체가 공개되었을 때 인터넷 카페는 난리도 아니었다. 초등학교와 중학교 졸업 사진을 비롯하여 고등학교에서는 따돌림 받는 아이들 무리에 속한다는 사실까지 낱낱이 밝혀졌다. 이른바 신상이 털린 것이다.

정확히 그로부터 한 달 뒤 그 애는 아파트 옥상에서 뛰어내렸다. 나는 그 애와 같은 아파트의 같은 동, 심지어 같은 라인에 살고 있었다. 같은 반이었지만 말 한번 제대로 섞어본 적이 없었기에 간혹 엘리베이터에서 마주쳐도 인사조차 하지 않는 사이였다. 공교롭게도 그 애가 투신자살을 하기 전, 마지막으로 만난 사람이 바로 나였다. 엘리베이터 CCTV에는 출입문 가까이에 서 있던 그 애와 한쪽 구석에서 핸드폰을 만지작거리는 내 모습이 찍혀 있었다. 그 애는 8층, 나는 12층에 살았다. 8층에서 엘리베이터 문이 열렸다 닫힌 뒤에도 그 애가 내리지 않는 걸 이상하게 여기긴 했지만, 여느 때처럼 멍청히 있다가 타이밍을 놓쳤다고만 생각했을 뿐이었다. 12층에 도착하여 엘리베이터 문이 열렸을 때 나는 핸드폰 액정에서 눈을 떼지 않은 채로 내렸고, 그 애를 등진 채 복도를 걸어왔다.

"그게 전부예요."

그 애 생전의 마지막 목격자라는 이유로 경찰이 나를 찾아왔을 때도 나는 더 해줄 말이 없었다. CCTV에 찍힌 모습이 내가 아는 전부였다. 당시 내 머리카락이 그렇게까지 흐트러져 있었다는 사실은 나조차도 몰랐지만.

"엘리베이터에 타기 전에 뭐라고 말을 걸진 않았니?"

형사는 조심스럽게 질문을 던졌다. 답답해진 나는 한숨을 내쉬었다. 그 애랑은 원래 말을 섞지 않는 사이였다고, 수차례 반복해서 이야기한 후였던 것이다.

학교 폭력 문제가 한창 불거지고 있는 때였으므로 경찰이며 학교 모두 촉각을 곤두세우고 있었다. 그 애의 부모님은 맞벌이를 하느라 딸의 일에 대해서는 전혀 모르고 있었다고 말했다. 그들은 분명 동급생들이 폭행을 행사하거나 모욕적으로 자신들의 아이를 괴롭혔으리라 생각했다. 그러나 우리 고등학교는 학생들이 교사들의 눈을 피해 무자비하게 누군가를 괴롭히거나 주먹을 휘두를 만한 분위기가 아니었다. 학교는 엄격했고, 학기 초반에 불량한 학생들을 드잡이하는 것으로 교사들이 완벽하게 아이들을 제압하고 있었다. 우리 학교는 근방에서 가장 전통이 깊은 여학교로, 높은 대학 진학률을 기록하고 있었다. 그렇다 보니 학생들 또한 각자의 입시 준비에 바빠 폭행 따위의 문제에 연루되어 생활기록부를 더럽힐 생각은 추호도 없었을 것이다. 그건 나도 마찬가지니까.

아마도 그 애를 자살로 몰고 간 원인은 인터넷의 노골적인 악플 세례였을 것이다. 대부분 그 애의 팬이었던 회원들의 손에 의해 쓰인 것들. 그건 그 애가 자초한 일이라고 생각했다. 애초에 사람들을 속이지 않았더라면 질타를 받을 이유도 없었을 것 아닌가.

그 애의 죽음을 다룬 기사에는 쇼핑몰 모델로 활동할 당시 그 애의 모습과 실물 사진이 나란히 게시되었다. 인터넷에는 그 애의 죽음을 애도하는 댓글 반, 두 상반된 모습에 경악하며 자업자득이라고 몰아붙이는 비난이 반이었다.

경찰은 쇼핑몰을 운영하는 20대 초반의 사장을 찾아갔다고 했다. 그녀는 의상 디자인을 전공하는 평범한 여대생이었다.

"실물은 중요하지 않아요. 모니터상에서 어떻게 보이느냐가 중요하지. 갠 모델만 한 게 아니라 자기 사진이랑 상품 이미지까지 완벽하게 포토샵을 할 줄 알았거든요. 모델료만으로 그래픽디자인까지 해낼 수 있었으니 저희로서는 당연히 일석이조였죠. 보셨겠지만 일도 무척 잘해냈고. 그 애가 입은 옷은 매출이 상당했어요. 비밀을 지켜달라는 부탁쯤이야 별

것도 아니었지요."

그 애의 통장에는 보통 고등학생으로서는 소지하기 힘들 만한 상당한 액수의 예금이 저축되어 있었다고 한다. 들려오는 말에 의하면 웬만한 전셋집을 얻거나 외제차 한 대는 살 수 있을 만한 거금이었다고 했다.

"그 돈을 놔두고 죽냐. 아깝게."

급식실에 줄을 서 있던 윤희가 중얼거렸다.

"너도 참 괜히 마음고생 했다, 야. 하필 재수 없게 엘리베이터를 같이 타서."

뒤편에 서 있던 경진이가 내 어깨를 가볍게 감싸며 말했다.

손에 쥐고 있던 젓가락이 미끄러져 바닥으로 떨어졌다. 경진이의 손길이 닿자 가벼운 어지럼증이 인 것이다. 윤희가 재빨리 새 젓가락을 챙겨 건네주었다.

"괜찮아? 피곤해 보이는데."

나는 별거 아니라고 둘러대며 배식대에 놓인 국그릇을 집었다.

제대로 잠을 이루지 못한 지 일주

일째. 가까스로 선잠이 들라치면 천장에서부터 묵직한 몸체가 내 배 위로 떨어져 내리는 듯한 착각에 소스라치게 놀라 깨어나곤 했다.

사실, 그 애의 죽음에 대해 경찰을 비롯하여 누구에게도 이야기하지 않은 사실이 한 가지 있었다.

그날 빈 집으로 돌아와 가방을 내려놓고 냉장고에서 주스를 한 팩 꺼내 거실로 나왔을 때였다. 베란다에는 엄마가 가꾸는 화초와 화분들이 윤기 흐르는 이파리를 뿜내며 줄지어 놓여 있었다. 무심히 그것들을 바라보며 주스팩에 빨대를 꽂는 순간, 무언가 창밖으로 떨어져 내리는 모습을 목격했다. 그리고 거꾸로 추락하는 그 애와 눈이 마주쳤다. 그 애도 분명히 나를 응시하고 있었다. 이어 철퍼덕, 소리가 저 먼 아래쪽에서 들려왔다. 몇 초 지나지 않아 사람들의 비명이 울려왔다. 나는 왼쪽 눈이 불에 타는 것처럼 뜨거워지는 통증을 느꼈다. 영원처럼 느껴진 찰나, 나를 응시하던 그 애의 검은 눈동자가 새까맣고 날카로운 돌멩이처럼 눈에 박혀 들어왔다. 나는 화장실로 달려가 찬물로 눈을 씻어냈다. 거울 너머 왼쪽 눈동자가 잿더미처럼 새하얗게 변해버린 것이 보였다. 온

몸에 소름이 끼치는 동시에 날카로운 비명이 쏟아져 나왔다. 내 비명 소리는 눈먼 새처럼 화장실 타일 벽에 이리저리 부딪히다가 바닥에 떨어졌다. 나는 핸드폰을 꺼내 얼굴 사진을 찍어보았다. 사진 속 내 눈동자는 두 개 다 정상적인 검은색이었다. 잠시 안심하다가 다시 거울을 보았을 때, 왼쪽 눈동자는 나를 비웃기라도 하듯 여전히 연탄재처럼 희부연 빛깔이었다.

그날 이후 왼쪽 눈의 시력이 급격히 떨어졌다. 항상 그런 것은 아니었다. 마치 누군가가 멋대로 스위치를 켜거나 끄기라도 하는 듯 선명히 보였다가 흐려지기를 반복했다. 나는 쉽게 현기증을 느꼈고 때로는 사지를 쭉 뻗은 채 쓰러져버리고 싶은 충동이 들기도 했다.

하지만 이 일을 다른 사람들에게 털어놓을 마음은 추호도 없었다. 사실을 말하면 부모님은 나를 트라우마 전문 상담가에게로 데려가 치료를 받게끔 할 테고, 아무리 숨기려 해도 그 소문은 학교에 퍼져 나를 정신 나간 아이처럼 보이게 할 게 분명했다. 모두들 나를 조심스럽게 대하는 것, 눈치를 보며 나를 살피게 되는 것. 생각만 해도 견딜 수 없는 일이었다. 나는 평범하게 고등학교 생활을 지속하고 싶었다.

학교에 찾아오던 기자들의 발길이 뜸해졌다. 학생들의 이야기에 따르면 학교 측에서 손을 썼다고 했다. 어떠한 폭력의 증거도 찾지 못했으므로 자살 문제의 핵심은 학교 폭력에서 사이버상의 폭력으로 옮겨갔다.

어느 날 밤. 약국에서 사 온 수면 유도제를 먹고 간신히 잠들었을 때였다. 핸드폰 진동 소리에 잠에서 깼다. 나는 몽롱한 가운데 머리맡을 더듬어 핸드폰을 집었다. 액정에는 '발신자표시제한'이라고 떠 있었다.

"여보세요."

상대는 대답이 없었다. 장난 전화라 생각하고 전화를 끊으려 할 때였다.

"나야."

나는 감고 있던 눈을 번쩍 떴다. 흐릿해진 왼쪽 눈에 그 애의 얼굴이 스쳐갔다. 꿈일 것이다. 전화를 끊으려 했지만 핸드폰을 쥔 손이 꼼짝도 하지 않았다. 가위에 눌린 게 분명하다. 긴장을 풀고, 잠에서 깨기 위해 정신을 집중하자. 즐거운 일들을 떠올리자.

"나 수연이."

필사적인 나의 노력에도 불구하고 수화기 너머 목소리는 또박또박 자신의 이름을 밝혔다. 김마리아. 아니, 송수연.

"부탁이 있어."

그 애의 말투는 생전과 다름없이 약간 어눌했다. 마치 입천장에 껌을 붙인 채 말하는 것 같다고, 평소에 애들이 수군거리던 말투였다.

"사람을 한 명 찾아줄래?"

도대체 나한테 이러는 이유가 뭐냐고 따지고 싶었으나 목구멍이 천 뭉치로 꽉 막힌 듯 아무 말도 내뱉을 수가 없었다.

"떨어지던 도중에 너를 봤어. 그리고 내가 한 가지 잊은 일이 있다는 게 떠올랐어."

추락하던 그 애의 머리칼. 해초처럼 검게 나부끼던 그것들이 돌연 내 팔뚝을 차갑게 휘어 감는 것 같았다.

"사람을 한 명 찾아줘. 내 실체를 세상에 알린 사람."

막 물에서 빠져나온 사람처럼 나는 거친 숨을 몰아쉬었다.

"그게 누군데?"

"아직은 정확히 몰라. 하지만 범인은 학교에 있어. 내 신상을 밝힌 글은 학교 컴퓨터실에서 올라왔어. 자, 하루의 시간을 줄게."

"찾으면 어쩌게?"

"용서하지 않아. 끔찍한 고통을 줄 거야."

반 아이들의 얼굴이 스쳐갔다. 가장 송수연을 못마땅해 했던 그 애의 옆자리 짝꿍, 윤희. 김마리아의 실체가 밝혀지기 무섭게 D쇼핑몰에서 산 옷들을 보란 듯 쓰레기통에 버렸던 경진이. 그 애와 같이 암묵적인 따돌림을 받던 무리의 아이들. 그 애들은 송수연의 이중생활 사실이 밝혀지자 곧장 그 애에게서 등을 돌렸다. 바로 그런 겁 많은 쥐 떼 같은 점이 그 애들이 따돌림을 받는 이유이기도 했다. 그 외에 카페에서 김마리아의 스토커라고 자처하던 익명의 아이디 '페루'가 잠시 의심을 받기도 했었지만, 남자로 밝혀졌으므로 우리 학교 학생은 아니다.

"왜 하필 나야?"

"너 그날 엘리베이터에서 내가 이상하다는 걸 알고 있었지?"

나는 숨을 멈추었다. 초조하게 구두코를 바닥에 찧던 그 애의 뒷모습. 그 애의 몸에 은 막처럼 씌워져 있던 위태롭고 서늘한 절망. 하지만 송수연의 불행이 나와 무슨 상관이었단 말인가. 막역한 친구도 아닌 사이에 굳이 나서서 그 허물 같은 절망을 벗겨주어야 할 이유가 있었느냔 말이다. 당장 집에 가서 풀어야 할 문제집이 산더미였고, 곧 나올 모의고사 성적표에 대한 걱정만으로도 나는 충분히 침울했다.

"만일 찾지 못하면."

그 애가 말을 이었다.

"네 곁에서 사라지지 않을 거야. 영원히."

수화기를 댄 왼쪽 귀에서 울리던 목소리가 오른쪽 귓불 아주 가까이서 들려왔다. 나는 황급히 고개를 돌렸다. 순간, 정수리에서부터 가시 같은 소름이 온몸에 뻗쳐올랐다.

숨결이 맞닿을 만한 거리에, 그 애의 얼굴이 있었다. 살아 있을 때의 모습과 다름없었으나 얼굴이 창백하고 입술이 검었다. 그 애는 나를 보며 빙긋 미소 지었다.

"자살한 건 네 잘못이지, 말리지 않은 내가 무슨 죄야?"

나는 턱을 덜덜 떨면서도 지지 않기 위해 대꾸했다. 유령이라고 해봤자 넌, 송수연이다.

"너희들은 나한테 죄가 있어서 비웃었니?"

사람들을 속인 건 분명 송수연의 잘못이다. 제 손으로 직접 무덤을 파고 그 위로 뛰어내리기까지 하지 않았는가. 죽고 나서야 뒤늦게, 게다가 나를 겁주기 위해 섬뜩한 모습으로 나타난 것이야말로 본인이 겁쟁이라는 사실을 증명하는 꼴 아닌가. 하지만 이성적으로 현실을 직시하려는 의도가 무색할 만큼 이불 속의 두 다리는 발작하듯 떨려왔다.

"엘리베이터에서 나에게 말 한마디 걸어주지 않았던 건, 그래야 할 이유가 없다고 생각했기 때문이겠지. 죽어도 상관없다고 여겼을 거야. 이제 내 차례야. 네가 내 요구를 들어주지 않는다면 네가 미쳐버릴 때까지 널 괴롭힐 거야. 그리고 거기엔 아무런 이유도 없어."

그 애는 벽시계를 쳐다보았다. 새벽 여섯 시가 막 지나고 있었다.

"자, 일어나. 학교 갈 준비를 해야지."

기다렸다는 듯 핸드폰의 알람이 울렸다. 엄마가 방으로 들어왔다.

"어머, 깨어 있었니?"

그 애는 여전히 벽장 앞에 서서 나를 내려다보고 있었다. 엄마는 그 애를 지나쳐 방 창문의 블라인드를 올렸다. 눈부신 새벽빛 아래에서 그 애는 나를 향해 검은 입술로 웃음을 지었다.

운동장 벤치로 이끌려나온 윤희는 하품을 했다. 무슨 이야기를 하려고 밖까지 끌고 나왔느냐며 가볍게 나를 질책했다. 나는 윤희의 등 뒤에 서 있는 송수연을 흘끔 쳐다보았다. 그 애는 입술을 달싹였다.

'물. 어. 봐.'

나는 카디건 앞섶을 여미며 윤희의 눈을 응시했다. 윤희는 영문을 모르겠다는 표정이었다.

최윤희. 유명한 치킨 프랜차이즈 회사의 임원 딸. 영화배우가 꿈이라 유명 기획사에 거금의 트레이닝비를 지불하며 연습생 생활을 하고 있다. 지난해 방학 때 성형수술을 하고 당당하게 나타났다. 수술을 했지만 영화배우가 될 만큼 예쁜 외모는 아니다. 윤희는 인터넷 얼짱들이 나오는 프로그램을 맹렬히 욕하곤 했다. 화장을 가면처럼 얼굴에 얹고 포토샵으로 조작이나 하는 것들이 뭐가 잘났다고 나대고들 다니는지 모르겠다고. 경멸과 질투심이 섞인 비난이었다. 윤희는 얼짱

중에서도 가장 인기가 많은 김마리아를 유독 싫어했다.

"제까짓 게 뭐라고 신비주의야. 실제로 보면 분명 오크일 걸."

입버릇처럼 내뱉던 말이었다. 그런 김마리아의 실체가 자신의 옆자리에 앉은 송수연이라는 사실을 알았을 때 누구보다도 통쾌해했던 사람이 윤희였다.

"어떻게 머리도 잘 안 감고 다니는 애가 얼짱 행세를……."

송수연을 등진 채 다리를 꼬고 앉아 깔깔거리며 웃어댔었다.

윤희는 자연 갈색의 길고 윤기 흐르는 머리칼을 손가락으로 빗어 내렸다.

"할 말이 뭔데?"

"너, 최근에 학교 컴퓨터실 들어간 적 있어?"

윤희는 무슨 뜬금없는 소리냐며 나를 건너다보았다.

"아니. 나 아이패드 두 개나 있잖아. 거기 갈 일이 뭐가 있어."

"혹시…… 너 송수연이 김마리아였다는 거 진작부터 알고 있었니?"

단박에 윤희의 표정이 굳었다. 그 애는 싸늘한 눈빛으로 나를 훑어봤다. 내가 형사들의 끄나풀 노릇을 하고 있다고 여기는 모양이었다. 윤희는 냉랭하게 쏘아붙였다.

"알았으면 더 일찍 소문냈겠지. 기분 더럽게 왜 사람을 의심하고 그러냐?"

윤희가 휙 등을 돌려 학교 안으로 들어갔다. 나는 송수연을 노려보았다. 그 애는 무표정하게 윤희의 뒷모습을 바라보고 있었다.

교실로 돌아가자 윤희는 노골적으로 나를 무시하며 아이들과 수다를 떨고 있었다. 도서관에 다녀온 경진이가 영문도 모른 채 나를 윤희의 무리 가까이로 끌고 갔다. 나는 내 팔꿈치를 쥐고 있는 경진이를 돌아보았다.

오경진. 단발머리에 쌍꺼풀이 없고 고집 있어 보이는 입매. 성적은 꽤 상위권. 외할머니와 둘이 살고 있다. 부모님이 계시는 본가는 춘천이지만 그 애가 굳이 지금의 사립고로 오고 싶다고 졸랐기 때문에, 외할머니 집으로 주소와 거처를 옮겨온 것이다. 경진이의 외할머니 집은 학교에서 두 정거장 거리였다. 재개발을 하려는 정부 측과 그를 막으려는 주민들 사이에 살벌한 마찰이 일고 있는, 속칭 달동네였다. 우리 학교에는 집안이 부유한 아이들이 대다수였기에 경진이는 그 사실을 기를 쓰고 숨기려 했다.

현장학습이나 수학여행을 갈 때면 아이들은 삼삼오오 모여 오랜만에 입을 사복을 사러 백화점으로 향했다. 그럴 때면 경진이는 값이 싸면서도 브랜드 옷들과 비슷한 디자인의 옷을 파는 인터넷 쇼핑몰을 애용했다. D쇼핑몰은 그중에서도 모델의 인기 때문에 인지도가 있는 편에 속했으므로 그 애는 자주 D쇼핑몰에서 산 후드 집업이나 카디건을 들고 와 교복 위에 걸쳐 입곤 했었다. 그 애는 D쇼핑몰 모델 김마리아의 열렬한 팬이었다. 경진이가 사 들고 온 옷들은 대부분이 김마리아가 입던 것들이었다. 말은 안 했지만 팬 카페에도 가입해, 김마리아의 평상시 사진들을 보곤 했을 것이다. 가까운 곳에서 송수연을 보고 있으면서 동시에 김마리아에 대해 누구보다도 빠삭했던 경진이. 어쩌면 그 애가 가장 먼저 송수연의 실체를 눈치챘던 건 아닐까. 성적이 나쁜 것은 차치하고서라도 자신보다 하등하다고 경멸하던 송수연이, 본인이 그토록 동경했던 대상이었다는 사실을 깨달았을 때 느꼈을 자괴감.

그러고 보면 경진이가 가장 유력한 범인일지도 모른다. 이 상황에서 '범인'이라는 표현이 적당할지 모르겠지만 말이다. 송수연은 아이들이 북적거리는 교실 한가운데 우두커니 서서 나를 감시하고 있었다. 아이들이 치맛자락을 휘날리며 그 애를 통과해 지나쳤다.

"경진아, 잠깐만."

경진이는 워낙에 똑똑한 아이다. 윤희보다 침착하게 내 이야기를 들어줄 테고, 잘만 하면 도움까지 기대해볼 수도 있을지 모른다. 경진이가 막 고개를 돌리려는 순간, 윤희가 가시 돋친 목소리로 입을 뗐다.

"야, 가지 마. 쟤 분명 이상한 소리 할 걸."

당황한 나와 경진이가 동시에 윤희를 돌아보았다. 윤희는 항상 추종 무리처럼 따라다니는 아이들 속에 둘러싸인 채 조소를 띄었다.

"왜 사람을 한 명씩 끌고 나가? 할 말 있음 여기서 해봐."

윤희는 비스듬히 턱을 치켜든 채 시비조로 말했다.

"쟤 경찰이나 선생이 뭐 시켰나 봐. 아까 불러서 나갔더니 송수연 신상 턴 게 혹시 나 아니냐고 물어보더라."

무어라 변명을 할 새도 없이 반 아이들의 시선이 집중되었다. 온몸이 홧홧해지며 얼굴이 달아올랐다. 경진이는 윤희와 내가 다투었다고 여기는 모양이었다. 분위기를 무마하려 특유의 유치한 농담을 던졌다.

"범인은 이 안에 있다! 명탐정 코난! 그런 건가?"

아무도 웃지 않았다. 썰렁한 농담 좀 그만하라며 등짝을 치는 애조차 없었다.

"솔직히 말해봐. 경진이한테도 똑같은 걸 물어보려고 했던 거지?"

나는 천장에 붕 떠오른 채로 아이들을 내려다보고 있는 송수연을 올려다보았다. 부릅뜬 흰자위로 검푸른 핏발이 서 있었다.

"너 어디 보니?"

윤희 곁에 서 있던 애가 이상하다는 듯 교실 천장과 나를 번갈아 보았다.

"진짜야? 나 의심했다는 거?"

경진이가 어색한 표정을 지으며 물었다. 나는 입술을 잘근거렸다. 수업이 시작됨을 알리는 벨이 울려왔다. 경진이는 내 팔을 쥐고 있던 손을 슬그머니 놓고 자기 자리로 돌아갔다. 수업 도중 얼핏 옆을 돌아보았을 때, 윤희는 새로운 짝꿍과 함께 나를 가리키며 관자놀이 옆을 손가락으로 빙빙 돌려 보이고 있었다.

쉬는 시간이 되었지만 아무도 내 옆으로 오지 않았다. 나는 화장실에 가는 척 자리를 비웠다. 변기 위에서 시간을 보내고 오래도록 손을 씻었다. 거울에 비친 송수연을 볼 때마다 뒤통수가 차갑게 얼어붙는 듯했으므로, 물에 젖어가는 내 손만 내려다보았다.

교실로 돌아왔을 때였다. 경진이가 차분한 얼굴로 나를 복도로 불러냈다.

"내가 그러지 않았어. 만일 알았다고 해도, 신상 터는 짓 따위는 하지 않았을 거야. 불쌍하니까."

경진이는 창밖의 노천극장을 내려다보았다.

"근데 궁금한 건 말야⋯⋯. 윤희는 그렇다 쳐도."

경진이의 무표정한 얼굴이 나를 향했다.

"왜 내가 그랬을 거라고 생각한 거야?"

나는 대꾸를 하지 못했다. 경진이의 눈빛은 이미 '네 속내

쯤은 훤히 꿰고 있어'라고 말하듯 원망과 모멸감으로 매캐한 유황 냄새를 풍기는 듯했다.

"그냥, 넘겨짚은 거야. 자꾸 악몽을 꿔서."

"아아, 그래."

경진이가 미소를 지었다. 그러나 한쪽 입꼬리만 슬쩍 올라갔을 뿐 눈빛은 그대로였다.

"반 아이들 전부, 아니 전교생한테 물어볼 거니?"

경진이는 내 카디건에 묻은 실밥을 떼어주며 물었다. 어울리지 않는 친절이 나를 더 움츠러들게끔 했다.

"아니. 혹시나 해서 걔랑 같이 다녔던 애들한테만 좀……."

경진이는 내 말이 채 끝나기도 전에 교실로 들어가, 두 명의 아이들을 데리고 나왔다. 머리에 비듬이 낀 한 명과 허구한 날 인터넷 채팅으로 남자들을 만난다는, 소문이 안 좋은 애 한 명.

"니들이 송수연 죽였니?"

경진이는 화살촉을 꽂듯 그 애들에게 물었다. 비듬이 낀 애가 말을 더듬으며 한사코 고개를 저었다. 소문이 안 좋은 애는 그 상황에서도 창틀을 손끝으로 문지르며 영 다른 생각에 잠겨 있는 것 같았다.

"네 악몽 때문에 우리가 끔찍한 추궁까지 당해야 되니? 여기서 신상을 턴 사람이라는 건, 결국 송수연을 죽인 애를 찾겠다는 거나 마찬가지잖아."

저 두 애가 언제 '우리'에 속했었다고. 그러나 나는 제대로 대거리조차 할 수 없었다. 옆 반 아이들이 무슨 일인가 싶어 구경하러 몰려들었기 때문이었다. 반면 경진이의 목소리는 점점 높아졌다.

"악몽을 꾼다고? 정신이 이상해졌으면 치료라도 받든가. 가뜩이나 심란한 우리들까지 몰아세우려는 건 너무 이기적인 거 아니니?"

경진이의 뒤에, 송수연이 서 있었다. 목을 약간 꺾은 채로.

아이들은 서로 어깨동무를 하거나 팔짱을 끼고 서서 흥미롭게 상황을 지켜보았다.

"네가 무례한 질문을 했으니 나도 하나 물을게."

윤희까지 곁에 와서 서자, 경진이는 더욱 기세가 등등해졌다. 경진이로서는 값비싼 브랜드 옷, 혹은 애들이 책가방으로 들고 다니는 명품 가방 사이에서 주눅 들지 않고 버텨낼 수 있는 '힘'을 각인시킬 절호의 기회였다. 누군가를 막다른 길로 치밀하게 몰아붙이는 공격. '나 이만큼 무서운 사람이야'라는 자기과시. 나는 그 무자비한 공격 앞에 가까스로 서 있었다. 송수연을 향해 악을 쓰고 싶었다. 이리 와, 여긴 원래 네가 있을 자리잖아!

"어떻게 같은 엘리베이터에 탔으면서도, 그 애가 죽을 거란 걸 몰랐을 수가 있어? 사람한텐 본능이라는 게 있잖아. 이상한 점을 눈치 채지 못했을 리가 없을 텐데…… 난 솔직히 그 얘길 듣고 네가 좀 무서웠어."

귓속에 이명이 울렸다. 손톱이 살을 파고들 만큼 세게 주먹을 쥐었다. 나는 모여 있는 아이들을 둘러보며 입을 열었다.

"너희도 몰랐잖아."

제가 살아 있기라도 하는 양 아이들 무리 속에 섞여 있는 송수연을 보자 오히려 웃음이 흘러나왔다.

"심란했다고? 송수연이 죽고 나서 학교가 어수선해졌을 때 기억해? 너희들 전부 묘하게 들떠 있었어. 그래, 이제 와서 범인 좀 밝혀보겠다는데 그게 그렇게 욕먹을 짓이야?"

윤희는 어이없다는 듯 경진이와 눈빛을 주고받았다. 그러나 워낙 머리가 나쁘고 요점 파악에 약한 윤희는 이런 말싸움엔 쉽사리 끼어들지 않았다.

"찔리는 게 없으면 왜들 발끈하는데? 죽은 애를 위해서 그 정도 협조도 못 해?"

내가 송수연의 대변인이라도 된 것 같았다. 아이러니하게도 다른 아이들을 향한 비난의 말이 술술 흘러나왔다. 대변인이라니. 우습지도 않다. 지금 이 순간 누구보다도 그 애를 증오하고 혐오하는 게 바로 난데.

"때리지만 않았지, 다들 괴롭힌 건 사실이잖아. 보란 듯 옆에서 악플을 읽어대던 사람, 걔 책상 위에 김마리아 사진을 올려놓은 사람, 송수연이 급식실 식탁에 다가오니까 대놓고 자리를 피하던 사람. 누군지 다 알잖아? 우리들 전부가 그랬으니까."

챙챙. 딱딱한 것으로 쇠를 두드리는 소리가 울렸다. 복도를 메우고 있던 아이들이 일순간에 갈라졌다. 복도 끝에 학생부장이 서 있었다.

"그 말이 맞다."

머리가 벗겨진 중년의 학생부장은 천천히 복도를 걸어왔다.

"분명 모두의 잘못이야."

하필이면 학생부장이라니. 학교 드라마의 열혈 교사를 동경하는 어설픈 교사. 폼만 잡을 줄 알았지 실질적으로 입시 교육엔 서툴러 다른 교사나 학부모뿐 아니라 학생들 사이에서도 은근히 무시를 당한다는 그다. 그가 나서서 도와주려 해봤자 상황을 악화시킬 뿐이었다.

"수연이가 힘들어하는 걸 지켜보면서, 그걸 진심으로 즐겼던 건 아닌지 다들 자문해보길 바란다. 나는 절대 아니었으리라 믿고 있어. 다만 너희 모두 각자 힘든 일이 있었기 때문에 그 애를 도와줄 여유가 없었다고 생각하고 싶다."

학생부장은 비장한 얼굴로 말하고는 스스로의 발언에 만족한 듯했다. 그런 수박 겉핥기식의 에두른 설교야말로, 제3자만이 할 수 있는 뻔한 이야기였다. 학생부장은 복도의 아이들을 모두 교실로 돌려보냈다. 나도 천천히 문턱을 밟고 교실 안으로 들어왔다. 송수연이 새까맣게 죽은 손톱을 내 어깨 위에 얹었다. 나는 몸서리치며 그 손을 떨쳐냈다. 내 뒤를 따라 들어오던 애가 움칠 물러서며 옆 아이에게 무어라 귓속말을 했다.

복도에서의 일은 점심시간이 채 끝나기도 전에 담임의 귀에 들어갔다. 담임은 엄마에게 연락을 취했다. 누군가 나서서 내가 심각한 불안 증세를 보였다고 허풍을 떤 모양이었다. 두 어른은 역시 이번 사건이 나에게 충격으로 와 닿았던 것 같다며 근심 어린 표정을 지었다. 충분히 휴식을 취하고 상담을 받게 하는 편이 좋겠다는 이야기가 오갔다.

복도 한가운데에서 싸움을 벌인 뒤 정신과 치료를 받으라니. 다시 돌아왔을 때 모두들 정신병자 취급을 하리라는 예상은 하지 못한단 말인가? 어른들은 대체 왜 저리도 둔한 걸까. 묵묵히 탁자 모서리를 내려다보고 있던 나는 한참 만에 고개를 들었다. 이대로 제2의 송수연이 될 수는 없었다.

"충격을 받은 게 아니에요. 죄책감 때문에 견딜 수가 없었어요."

엄마와 담임이 입을 약간 벌린 채 나를 보았다.

"내가 조금만 더 신경 썼더라면 수연이를 말릴 수 있었을 텐데……."

나는 재작년에 키우다 죽은 고양이를 떠올리며 눈시울을 붉혔다. 이어 엄마의 눈가도 붉어졌다. 얘가, 마음이 이렇게 여려요 선생님.

"교실에 들어갈 때마다 자꾸 그 애 뒷모습이 떠올라요. 그래서 너무 미안해서, 범인이라도 찾아주자고 생각했어요."

눈물 한 줄기가 뺨을 타고 간지럽게 흘러내렸다. 빠득, 빠드득. 담임 뒤편에 서 있던 송수연의 척추가 천천히 뒤로 꺾였다. 뾰족한 턱이 허공을 향해 절규하듯 치켜 올라갔다.

"당분간 집에서 공부할 수 있게 해주세요. 조금 나아지면, 그때 전학시켜주세요. 여기선 도저히 못 견디겠어요. 수연이한테 너무 미안해요."

엄마가 내 어깨를 끌어안았다.

"넌 아무 걱정 마. 이참에 아예 이사도 가자."

담임도 손을 뻗어 내 어깨를 쓰다듬었다. 엄마의 어깨에서는 좋은 향기가 났다.

엄마가 주차장에 차를 빼러 간 사이, 나는 책가방을 챙겨 들고 운동장을 가로질렀다. 송수연이 목을 삐거덕거리며 뒤를 쫓아오고 있었다. 제2의 송수연이 되느니, 귀신이 된 송수연을 등에 업은 채 살아가는 게 낫다. 어차피 교실 안의 송수

연은 내게 있으나 마나, 눈에 띄지도 않는 존재였으니 앞으로
도 내 주변에 맴도는 그 애를 외면한 채 살아가는 일이란 그
리 어려운 게 아닐 것이다.

하지만 내가 귀신이 된 송수연을 그대로 두는 데에는 또
다른 이유도 있다. 그 애는 범인을 찾게 되거든 '끔찍한 고통'
을 주겠다고 별렀다. 어쩌면 그 말을 듣는 순간부터 모든 일
이 이렇게 흘러가리라 예상했는지도 모르겠다. 나는 그 범인
을 찾지 못할 거라는 사실을 진작 알고 있었다. 송수연이 범
인을 알게 되는 건 영원히 불가능할 일이다. 그 애의 실체를
밝힌 범인, 그건 바로 나였으므로.

엄마가 멀리서 차창을 내리고 손짓했다. 나는 가방을 고쳐
매고 차를 향해 종종걸음을 쳤다.

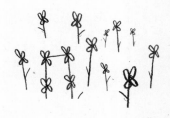

작가의 말

되도록 타인에게 상처를 주지 말고 살아가야 한다. 스스로를 위해서는 건강한 행복을 추구하는 편이 좋다. 누군가를 괴롭히며 느끼는 기쁨이나 희열은 자신의 불행과 기형적인 취향을 입증하는 꼴밖에 되지 않는다. 남에게 던진 표창은 언제고 자신에게 돌아올 수 있다. 굳이 미움을 사며 살아갈 이유가 있겠는가. 타인을 괴롭히지 않는 건 어떤 의미에서 스스로를 지키는 일과 같다. 우리는 본인을 망가뜨리지 않도록 조심해야 할 의무와 권리가 있다.

전아리
1987년 출생으로 연세대학교 철학과에 재학 중이다. 제2회 세계청소년문학상을 수상했다. 펴낸 책으로 장편소설 『시계탑』 『직녀의 일기장』 『앤』, 소설집 『즐거운 장난』 『주인님, 나의 주인님』 등이 있다.

판도라의 서랍

전삼혜

소등 시간은 12시였지만, 그때 잠드는 아이들은 하나도 없었다. 모든 방에서는 희미한 스탠드 불빛이 새어 나왔다. 방문 틈으로 스며 나오던 빛은 새벽 1시를 넘겨서야 하나둘씩 사라지곤 했다. 1시 20분이 되어 시은이는 기지개를 켰다. 고개를 들자 책상 앞에 붙여놓은 디데이 달력이 눈에 들어왔다. 시은이는 달력 한 장을 뜯어냈다. 수능 121일 전. 6월 모의고사를 본 지 한 달이 지났고, 기숙사생들도 집에 돌아가야 하는 일주일간의 '하계 의무 퇴거' 기간이 3일 앞으로 다가와 있었다. 시은이의 책상 뒤 침대에서 이불이 부스럭대는 소리가 났다.

"좀 자라. 너 때문에 나도 잠을 못 자잖아."

시은이는 고개를 돌렸다. 긴 생머리가 유나의 얼굴을 반쯤 덮고 있었다. 시은이가 스탠드 불빛을 약하게 켜놓았는데도 유나는 눈살을 찌푸렸다.

"끌 거야. 더 자. 아직 1시 반이다."

"어어. 깬 김에 하는 말인데, 나 모레 시은이 네 만년필 좀 빌려주라. 화학 쪽지시험 본대."

유나는 웅얼거리고 다시 이불을 뒤집어썼다. 시은이는 필통을 뒤적거리며 말했다.

"너도 똑같은 거 하나 사. 이만 원짜리 만년필이 뭐 좋다고 맨날 빌려 가."

"나 볼펜 잃어버렸어. 빌려주기 싫으면 말로 해. 치사하게."

유나의 목소리가 이불에 가로막혀 둔하게 들렸다. 시은이는 손으로만 더듬던 필통 안을 눈을 가늘게 뜨고 들여다보았다. 만년필이 보이지 않았다. 이틀 전, 만년필로 모의고사 문제집을 풀었다. 자습실에서였다. 그리고 자습실 서랍 안에 넣은 채로 돌아왔던 게 기억났다.

시은이는 오른쪽 벽에 붙은 침대로 파고들었다. 기숙사 805호, 이 방을 반으로 접는다면 거의 정확한 대칭이 될 것이다. 가운데에 놓인 2인용 책상, 벽에 붙은 침대 두 개와 개인 사물함. 유나의 책상 위에 붙은 아이돌 사진 정도가 유일한 비대칭이었다. 805호뿐만 아니라 기숙사의 모든 방은 구조가 같았다. 똑같은 회사에서 만든 똑같은 책상과 의자, 침대, 사물함. 시은이는 눈을 감고 잠을 청했다. 1시 36분이었다.

경찰이 말한 강소라의 '사망 추정 시각'은 2시 16분이었다. 7시 30분이면 기숙사 전체에 기상 알람 소리가 울렸다. 시은이는 반쯤 감은 눈으로 세수를 하고 6층의 식당으로 내려갔다. 기숙사의 6층부터 9층까지를 사용하는 여학생들이 한자리에 모이는 시간이었다. 그러나 그날 아침은 식당의 분위기가 달랐다. 전염병이 도는 마을처럼 을씨년스러웠다. 시은이는 식판을 긴 식탁 위에 내려놓고 자리에 앉았다. 807호 현주가 시은이의 앞에 앉자마자 입을 열었다.

"야, 너 어제 안 깼어? 새벽에 경찰 오고 난리 났는데?"

"경찰?"

시은이는 눈만 깜박거렸다. 기계적으로 밥을 입에 떠 넣는 시은이를 보며 현주는 혀를 찼다.

"705호 애가 자살했어."

"뭐?"

시은의 입 밖으로 밥풀과 반찬 조각이 튀어나왔다. 현주는 그것 보라는 듯 의기양양하게 말을 이었다.

"강소라, 너도 알지? 네 절친 룸메잖아. 걔 뛰어내렸대."

시은이는 정신없이 눈으로 식당 안을 훑었다. 705호라면 은지의 방이었다. 그리고 현주는 모르는 눈치였지만 강소라와 은지, 시은이는 모두 같은 4반이었다. 바로 밑 방이라 조금만 시끄럽게 이야기를 해도 들릴 만큼 가까운데, 어떻게 까맣게 몰랐을까? 그때 아이들의 시선이 한곳으로 쏠렸다. 얼굴이 하얗게 질린 은지가 식당 문을 열고 들어왔다.

"야, 서은지!"

유나가 달려가 은지의 팔을 붙들었다. 은지는 반쯤 끌려오듯 시은이와 유나 사이에 앉았다. 밥을 먹겠느냐는 유나의 말에 은지는 고개를 저었다.

"나, 토할 거 같아. 잠 못 잤어."

"수업 쉬고 기숙사에 있는 게 낫지 않아?"

현주가 말을 뱉어놓고 아차, 싶었는지 입을 틀어막았다. 은지는 파르르 몸을 떨었다.

"새벽에, 화장실 가려고 일어났는데, 없어서…… 당직 선생님 불렀는데, 창문······."

"그만해. 그만 말해도 돼."

시은이는 반쯤 비운 식판을 들고 일어났다. 은지가 시은이를 올려다보았다.

"나, 너네 방 가면 안 돼? 내 방에 못 가겠어. 무서워."

"알았어. 일단 일어나. 그런데 수업은 어쩌려고? 안 쉴 거야?"

은지가 휘청거리며 일어났다. 입술을 꼭 깨문 채였다.

"나 6월 모의고사 망쳤어. 수업 빠지면 안 돼."

"알았어."

시은이는 은지의 손을 무심결에 움켜잡았다. 7월에 어울리지 않게 차가운 손이었다. 깜짝 놀라 뿌리치려는 시은이의 손에 은지의 손가락이 감겨왔다. 시은이는 낮게 한숨을 쉬었다. 시은이가 입학한 뒤 세 번째의 자살 시도 사건이었다. 2학년 남학생, 3학년 남학생, 그리고 오늘 새벽 강소라까지 3명. 앞의 두 명은 자퇴 정도로 끝났고, 정말로 누군가가 죽은 것은 처음이었다. 자살한 아이가 생기면 기숙사를 폐쇄한다는 소문은 진짜일까. 시은이의 목덜미로 땀방울이 흘러내렸다.

방학 중에는 오전에 보충수업을 하고, 오후에는 자율학습을 했다. 아이들이 4반 앞에 몰려 있었다. 시은이는 아이들 사이를 헤치고 4반 문을 열었다. 의식하지 않으려 해도 가운데에 있는 빈자리가 눈에 들어왔다. 은지는 시은이의 옆자리에 엎드려 있었다.

"간밤에 안 좋은 일이 있었지만, 쓸데없는 소리는 하지 마라. 잘 생각해. 너희가 정신 팔고 있는 사이 다른 학교 애들은 쑥쑥 치고 올라올 거다. 집에 가서도 마찬가지다. 부모님들 걱정하시지 않게 잘 처신하도록."

담임은 평소보다 훨씬 무뚝뚝한 소리로 조례를 마쳤다. 수학과 영어 보충수업을 연이어 듣는 동안 시은이는 은지를 곁눈질했다. 꼿꼿이 세우고 있는 허리가 금방이라도 무너질 것 같았다. 사탐 시간인 3교시에는 각자 선택한 과목 반으로 이동 수업을 가야 했다. 경제를 고른 시은이는 3반, 사회문화를 고른 은지는 2반이었다. 후들거리는 다리를 가누며 일어서던 은지의 품에서 책과 공책이 와르르 떨어졌다.

"은지야, 너 수업 가지 마라. 방에 가서 쉬어."

시은이가 공책을 주우며 말했다. 허리를 굽힌 시은이의 눈과 은지의 눈이 마주쳤다. 은지의 눈에 공포가 스쳐 지나갔다. 안 가, 라고 말하려는 듯 은지가 입술을 달싹거렸다. 시은이는 목에 걸고 있던 805호 카드키를 은지에게 건넸다.

"선생님한테 말하고 우리 방 가. 이러다 너 쓰러지겠어."

은지는 입술을 몇 번 더 달싹거리다가 시은이가 건넨 카드키를 받았다. 시은이는 은지의 뒷모습을 지켜보다 3반으로 걸음을 옮겼다.

깨진 사탕에 모여드는 개미처럼 몇 명이 시은이를 둘러쌌다. 낯선 아이들이었다. 호기심이 가득 어린 눈으로 단발머리가 말을 걸었다.

"너 4반이지? 강소라랑 같은 반."

"응."

시은이는 건성으로 대답했다.

"걔랑 잘 알아? 이름도 비슷하잖아. 강소라, 강시은."

시은이는 어깨만 으쓱해 보였다. 강소라가 출석 번호 2번, 시은이가 출석 번호 3번이긴 했지만 둘은 특별히 가까운 사이가 아니었다. 그저 한 반, 한 공간에서 같이 수업을 듣는 데면데면한 사이. 학기 초에는 꽤 가깝게 지내기도 했지만 어느

사이엔가 멀어져 버렸다. 시은이가 별 반응을 보이지 않자 몰려들었던 아이들은 김샌 듯 흩어졌다. 시은이는 머리를 긁적였다. 강소라랑 마지막으로 언제 이야기했더라. 기억이 나지 않았다.

다른 건 기억할 수 있었다. 이를테면 강소라의 키라든가 목소리, 얼굴 생김새 같은 것들. 어깨까지 오는 생머리를 늘 집게 핀으로 틀어 올려 묶고 다녔다. 그래서 하얗고 긴 목이 드러났다. 키는 시은이보다 좀 작았으니 아마 160센티미터 정도. 낮고 조곤조곤한 목소리였다. 굳이 말하자면, 그래, 존재감이 적은 애. 강소라의 선택과목이 뭐였는지도 기억이 나지 않았다. 지금 와서 기억해봐야 아무 쓸모없는 정보들이지만. 시은이는 책을 폈다. 은지를 기숙사로 올려 보내길 잘했다는 생각이 들었다.

시은이가 보충수업을 마치고 다시 반으로 돌아왔을 때, 담임이 시은이를 불렀다. 담임은 여전히 굳은 표정이었다.

"은지는 어떠냐? 네 방으로 간대서 그러라고는 했는데."

시은이는 발끝만 내려다봤다. 담임은 손수건으로 얼굴을 거칠게 문질러 닦았다.

"하여튼, 너네들 의무 퇴거도 며칠 안 남았는데. 이게 뭐냐."

시은이가 아무 대답도 하지 않자 담임은 손을 내저었다.

"가라. 은지한테 무슨 일 있으면 나한테 바로 말하고."

시은이는 고개를 꾸벅 숙여 보였다. 만년필. 시은이는 짧게 중얼거렸다. 기숙사로 가려던 걸음을 자습실로 옮겼다. 자습실의 책상은 가나다순으로 배열되어 있었다. 강소라, 강시은. 시은이는 책상 서랍을 열었다. 그리고 입술을 가볍게 깨물었다. 서랍 안은 텅 비어 있었다.

방으로 돌아오자 은지는 시은이의 침대에서 자고 있었다. 눈 아래가 거뭇했다. 시은이는 잠시 은지를 내려다보다 이불을 잘 덮어주었다. 아무래도 의무 퇴거 전까지는 이 방에 있어야 할 것 같은데. 시은이의 혼잣말이 에어컨 바람에 흩어졌다. 은지가 악몽을 꾸는지 낮은 신음 소리를 냈다. 시은의 손이 은지의 이마를 짚었다. 싸늘했다. 같은 방에서 며칠이라도 지내려면 속옷 같은 거라도 챙겨와야 했다. 시은이는 은지의 어깨를 잡아 흔들었다.

"서은지, 네 방 가서 짐 챙겨 오자."

"응? 아……."

조금이라도 잔 게 도움이 되었는지, 눈을 뜬 은지의 얼굴
은 아침보다 훨씬 개운해 보였다. 시은이는 은지의 팔을 잡고
엘리베이터를 탔다. 7층에 내리자마자 습한 웅성거림이 밀려
들었다. 유나가 시은이를 보고 손을 흔들었다.

"여기서 뭐 해. 방에 안 오고."

"재밌잖아."

유나의 대답에 시은이는 얼굴을 찡그렸다. 시은이의 표정
을 본 유나도 입을 다물었다. 유나는 서둘러 은지의 반대쪽
팔을 붙잡아 부축했다. 실수를 감추려는 듯, 조금 수다스럽다
싶게 유나가 조잘거렸다.

"짐 가지러 온 거야? 얼른 가져가자. 아까 경찰들 왔다 갔
는데 또 온댔어."

705호 앞을 지키던 사감은 은지를 보자 들어가라는 듯 턱
짓을 했다. 은지가 떨리는 손으로 옷가지와 책을 챙기는 동
안, 시은이와 유나는 방 안을 둘러보았다. 아무것도 다를 게

없었다. 똑같은 책상과 침대, 개인 사물함. 시은이와 유나의 방과 다른 점이 있다면 책상 앞에 붙어 있는 사진이었다. 오른쪽 책상에만 영화 포스터가 붙어 있었다. 은지가 오른쪽 책상에 있던 책을 가방 안에 넣었다.

"은지 너 오른쪽 책상 써?"

시은이의 물음에 은지는 뒤도 돌아보지 않고 고개를 끄덕였다. 한순간이라도 빨리 방에서 나가고 싶은 듯, 자꾸만 손이 미끄러졌다. 시은이는 은지의 등 뒤로 다가가 가방을 집어 들었다. 은지도 작은 가방 하나를 들었다. 방을 나서던 시은이가 뒤를 돌아보았다. 왼쪽 책상 위에 무언가 낯익은 게 있었다. 눈을 가늘게 뜨려던 찰나, 은지가 시은이의 팔을 잡아 끌었다.

"빨리 가자."

은지의 재촉에 시은이는 고개를 끄덕였다. 옷과 책, 그리고 기숙사 아이들이라면 누구나 가지고 있는 넷북 하나가 들었을 뿐인데도 가방은 묵직했다. 한 손에는 가방 손잡이, 한 손에는 은지의 손을 잡은 채 시은이는 엘리베이터 앞에 섰다. 엘리베이터는 1층에서 올라오고 있었다. 시은이는 작게 휘파

람을 불었다. 엘리베이터가 7층에 도착하고, 문이 열렸다.

"아!"

엘리베이터에서 내린 중년 여자가 은지의 어깨에 세게 부딪쳤다. 은지가 비틀거리는 사이, 여자는 복도 쪽으로 뛰다시피 걸어갔다. 유나가 재빨리 은지를 붙들었다. 은지가 입술을 깨물며 아픈 어깨를 문질렀다.

"뭐야. 사과도 안 해?"

유나가 짜증을 내며 금방이라도 여자를 쫓아갈 듯하자 은지가 유나의 옷을 잡아당겼다. 겁이 잔뜩 담긴 눈이었다.

"빨리 가자. 저 사람 강소라 엄마야."

"그렇다고 사람 막 쳐도 돼? 기본이 안 됐네."

유나가 조금 큰 소리로 말하자 은지가 몸을 움츠렸다. 시은이는 여자의 뒷모습을 눈으로 쫓았다. 여자는 705호 앞에서 사감과 뭐라 말싸움을 하더니, 몸을 돌려 엘리베이터 쪽으로 다가왔다. 여자를 본 유나가 빈정거렸다.

"사과하러 오나? 되게 빠르다."

다음 순간, 여자는 은지의 어깨를 잡고 잡아먹을 듯이 얼굴을 들이밀었다.

"네가 서은지지? 우리 소라랑 한 방 쓰는 애."

그리고 무어라 말리기도 전에 은지의 어깨를 미친 듯이 흔들기 시작했다.

"왜 안 말렸어? 같은 방이면서, 말릴 생각도 안 했니? 말 좀 해봐. 왜 그랬어?"

"아줌마! 뭐 하는 거예요!"

"봐봐! 우리 애가 그렇게 되도록 넌 뭘 했니? 응?"

유나가 은지에게서 여자를 떼어놓으려 했지만 역부족이었다. 여자를 말리던 시은이의 손등이 여자의 손톱에 길게 긁혔다. 왈칵, 짜증이 치밀어 올랐다.

시은이는 자기도 모르게 온 힘을 다해 여자를 밀쳤다. 여자는 나동그라진 채 죽은 새처럼 뻣뻣하게 굳었다. 그리고 곧 마법이 풀린 듯 큰 소리로 바닥을 치며 울기 시작했다. 은지도, 유나도 그저 멀거니 여자를 내려다보기만 했다. 시은이는 손등에 맺힌 핏자국을 옷에 문질러 닦았다. 엘리베이터는 여전히 7층에 멈춰 서 있었다.

은지는 805호 방문을 여는 순간부터 기운이 났는지, 눈에 띄게 밝아졌다. 시은이가 치워준 빈 공간에 자기 짐을 내려놓

으며 이것저것 묻기까지 했다. 이
게 네 자리야? 여긴 유나 자리고? 포
스터 장난 아니네. 이거 1집 때 아냐? 시은이
는 침대 위로 녹초가 된 몸을 던졌다.

"그치. 스키니진 완전 잘 어울리지 않아? 시은이 잰 맨날
떼라고 구박한다."

유나가 은지의 말에 맞장구를 치며 좋아하자 시은이가 혀
를 찼다.

"야, 완전 정신 사납거든. 그게 남자 다리냐?
장작개비지."

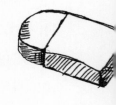

"남이야. 내 자리에 뭘 붙이든 니가 뭔 상
관? 니 자리에 안 붙이면 되지."

유나의 말에 시은이는 고개를 절레절레 저었다. 그
래, 많이 붙여라. 시은이는 팔로 눈을 가린 채 기억을 더듬었
다. 그런데 아까, 강소라 책상 위에 있던 건 뭐였지? 파란색이
었는데, 낯익은……. 시은이는 벌떡 일어났다. 짐을 늘어놓던
은지가 놀란 눈으로 시은이를 보았다. 시은이는 은지에게 손
을 내밀었다.

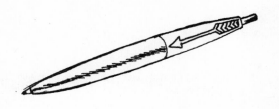

"나 아까 네 방에 뭐 놓고 온 거 같아. 카드키 좀."

그건 분명히 시은이의 만년필이었다.

7층 복도에는 아무도 없었다. 사감이 눈을 부릅뜨고 지키고 있는 탓이었다. 시은이는 뭘 찾으러 왔다는 변명을 둘러대고 카드키로 705호의 문을 열었다. 시은이의 방과 똑같은 구조였다. 시은이는 마른침을 한 번 삼키고 왼쪽 책상으로 다가갔다. 불도 켜지 않은 채, 시은이는 책상 위에 있던 물건을 집어 들었다.

"내 거 맞네……."

시은이의 만년필이었다. 뚜껑에 시은이의 이니셜까지 새겨져 있었다. 어두운 방 안으로 창밖에서 부연 빛이 스며들어왔다. 시은이는 얼굴을 찡그리며 만년필을 주머니에 넣었다.

'그런데 이게 왜 여기 있지?'

문득, 시은이는 책상 서랍을 잡아당겼다. 서랍 안에는 공책과 필기구가 들어 있었다. 공책과 필기구를 들어내자, 두꺼운 책 크기의 상자 하나가 서랍 바닥에 놓여 있는 것이 보였다. 시은이는 상자를 열었다. 그리고 멍하니 눈을 깜박였다.

물건 하나하나에 이름표가 붙어 있었다. 모두 다른 이름이었다. 지우개, 수정 테이프, 명찰, 샤프, 작은 배지. 어떻게 이렇게 사소한 것만 모아놓았을까 싶을 정도로 자질구레한 물건들이었다. 시은이는 희미한 불빛 아래에서 이름표를 들여다보았다. 7월 6일 3-12 최유나, 7월 8일 3-8 김현주, 7월 15일 3-4 서은지…… 잃어버린다고 해도 애써 찾지 않을 물건들이었다.

"대체 애, 뭐하는 애야?"

시은이는 '3-4 서은지'라는 꼬리표가 붙어 있는 손거울에서 꼬리표를 떼어냈다. 주머니에 손거울을 집어넣던 시은이는 눈을 가늘게 떴다. 서랍 안에서 유일하게 이름표가 붙어 있지 않은 물건이 있었다. 소형 디지털 카메라. 카메라 안에는 동영상 파일이 잔뜩 저장되어 있었다. 가장 최근에 찍은 듯한 동영상 파일을 클릭해 재생하던 시은이는 헛웃음을 지었다.

왼손으로 카메라를 들고 찍은 것 같았다. 오른손이 화면에 나타났으니까. 아무도 없는 자습실 안이 화면에 담겼다.

강소라의 오른손이 다시 화면 안으로 들어왔다. 강소라의 목소리가 들렸다. "오늘은 7월 11일입니다." 그리고 강소라의 손이 시은이의 책상 서랍을 열었다. 파란 뚜껑 만년필이 그 안에 있었다. 강소라의 손이 서랍 안에서 만년필을 꺼내고, 다시 서랍을 닫았다. 카메라는 파란 만년필을 비추었다. 만년필에 새겨진 시은의 이니셜이 또렷하게 보였다. 강소라의 목소리가 다시 들렸다. "3학년 4반 강시은의 만년필입니다." 그리고 잠시 침묵이 흘렀다. "돌려줘야겠죠." 그 말을 마지막으로, 화면이 어두워졌다.

동영상이 끝난 후에 시은이는 양손으로 얼굴을 문질렀다. 어지러웠다. 어두운 방 안에는 카메라에서 나오는 약한 불빛만이 번지고 있었다. 기묘한 경험이었다. 밤 같기도 하고, 새벽 같기도 했다. 시은이는 동영상이 찍힌 날짜를 확인했다. 어제였다. 그러니까, 죽기 하루 전.

몇 개의 동영상을 더 돌려 보았다. 장소는 여러 번 바뀌었다. 독서실, 기숙사 방 안, 교실, 운동장…… 어둠 속에 아무도 없이, 강소라가 혼자 카메라를 들고 있었다. 강소라의 걸음을 따라 화면이 천천히 흔들렸다. 카메라의 앵글이 반영하는 그 애의 키, 시선, 목소리. 시은이는 눈을 감았다. 눈을 감고 카메라의 전원을 껐다.

"무슨 생각을 하고 살면 이런 짓을 하냐."

시은이는 중얼거리며 일어났다. 그러다가 문득 기억해냈다. 아직 학기 초, 강소라와 은지, 유나까지 모두 같이 점심을 먹을 때 나눴던 이야기.

"집에서 인터넷 하다가 끔찍한 얘기 봤어."

먼저 말을 꺼낸 건 강소라였다. 그때 분명히 그렇게 말했다.

"사람이 자살하면, 경찰이 그 사람 모든 물건을 다 뒤진대. 일기장부터 컴퓨터 안에 있는 파일까지. 완전 쪽팔리지 않아?"

"어우, 쪽팔려서 한 번 더 죽겠다."

유나가 투덜거렸고, 은지는 웃었던 것 같다. 강소라가 한참 깔깔거리다 조용히 덧붙였던 게 기억난다.

"난 죽기 전에 내 주변 정리는 완전 철저하게 하고 갈 거야. 안 그러면 죽은 다음 쪽팔릴 게 무서워서 못 죽을걸."

이럴 때는 웃어야 할까, 울어야 할까. 시은이의 얼굴이 기묘하게 일그러졌다.

은지는 경찰이 왔다 갔다고 했다. 강소라의 책상 위에도 넷북이 놓여 있었는지, 보얀 먼지 속에서 공책만 한 크기의 사각형만 깨끗했다. 경찰이 넷북을 가져간 건 강소라가 왜 죽었는지 알기 위해서일 것이다. 그리고 이 비밀 서랍은 발견하지 못했을 거고. 시은이는 한 손에 잡힐 만큼 작은 카메라를 내려다보았다.

이것도 유품이 될까?

그렇다면 저 서랍 안의 물건들은? 그것도 유품이 될까?

이게 있으면 경찰은 그 애가 왜 죽었는지 알 수 있을까.

시은이는 고개를 저었다. 아냐, 이건 죽으려고 한 행동이 아니다. 그렇다면 경찰의 손에 이 카메라가 들어간다고 해서 도움이 되진 않을 거야. 그러니까 알려주지 않아도 괜찮아. 시은이는 카메라를 주머니에 넣었다. 그리고 주머니에서 손거울을 꺼내 다시 책상 서랍 안에 넣었다. 비밀 서랍 위에 책과 공책을 가지런히 덮었다. 알려주지 않아도 괜찮아.

시은이는 만년필을 손에 들고 705호를 빠져나왔다.

죽으려고 한 행동이 아니야.

"뭐야, 어디 갔었어?"

은지는 그새 샤워를 했는지 머리카락이 젖어 있었다. 시은이는 짐짓 태연하게 705호 카드키를 은지에게 내밀었다. 은지는 입을 삐죽 내밀며 카드키를 받았다. 그리고 시은이의 손에 들린 만년필을 곁눈질했다.

"그거 강소라 책상 위에 있었던 건데. 그거 찾으러 갔어?"

"응."

시은이는 고개를 끄덕였다. 유나가 시은의 손에서 만년필을 집어 들었다.

"우와, 나 빌려주려고 갔다 온 거? 강시은 대박. 화학 만점 맞을게."

유나의 호들갑에 시은이는 반사적으로 미소를 지었다. 그리고 어쩐지, 그래야 할 것 같아서, 덧붙였다.

"강소라 빌려줬던 건데…… 책상 위에 있으니까, 그냥 가져왔어. 돌려주려고 귀신이라도 되면 무섭잖아. 완전 호러."

그렇게 말해야 할 것 같았다.

원칙대로 삼일장을 치른다면 강소라의 장례식은 의무 퇴거일과 겹쳤다. 학교장으로 해야 한다는 의견도 있었지만, 여러 가지 의견에 겹쳐 유야무야되어버린 것 같았다. 4반의 빈 책상 위에는 국화꽃도 놓이지 않았다. 의식적으로 강소라를 잊어버리자고 모두가 입을 모은 것 같았다. 의무 퇴거일이 하루 앞으로 다가오기까지 아무도 강소라라는 이름을 입에 올리지 않았다. 시은이도 마찬가지였다. 그동안 인부들이 와서 705호에 있던 책상을 들어냈다. 은지는 홀가분하다는 표정으로 책상이 나가는 것을 바라보았다.

"잘됐지 뭐. 저걸 누가 써."

보충학습이 끝나고 조례 시간이 되자 담임이 들어왔다. 담임은 어색하게 헛기침을 했다.

"내일이면 집에 가는 날이지? 더위 조심하고, 배탈 조심해라. 그리고 하루 전이지만 상담을 좀 하겠다. 1번부터 차례대로 상담실로."

"에이. 그냥 집에 가요, 쫌!"

아이들의 야유 섞인 원성에도 담임은 아랑곳하지 않았다.

"6월 모의고사 성적도 나왔으니 한번 할 때 됐지. 순서 되면 전화할 거니까 기숙사 가 있든가. 1번 와라."

담임이 나가자마자 아이들은 가방을 챙겨 일어섰다. 후덥

지근한 교실보다는 냉방이 잘되는 독서실이나 자습실에 가 있는 게 한결 나을 터였다. 아니면 기숙사에 가서 짐을 싸거나. 시은이는 교실에 남기로 했다. 시은이의 출석 번호는 3번이었다. 강소라가 없으니, 1번 바로 다음이 시은이의 차례였다.

교실엔 시은이 혼자 남아 있었다. 시은이는 천천히 의자를 뒤로 젖혔다. 시선이 천장으로 향하고, 형광등과 선풍기가 시야 속으로 들어왔다. 떠도는 음습한 소문들은 그 애가 죽은 원인을 뺀 모든 걸 알려주었다. 사망 추정 시각, 뛰어내린 그 애를 발견한 곳, 그 애의 마지막 모습. 창문을 열고 뛰어내렸다고 했다. 아무도 본 적이 없었는데도 소문 속에서 강소라가 뛰어내리는 모습은 수십 번, 수백 번 반복되었다. 입을 다물고 있는 것은 은지와 시은이뿐인 것 같았다. 아니, 은지마저도 한두 마디 입을 열었다. 아이들은 탐정이라도 된 것처럼 죽어야 하는 이유를 추적했다. 시은이는 그 가운데서 아무 말도 할 수 없었다.

기숙사가 생긴 후 자살 소동은 세 번째였다. 첫 번째로 자살을 시도한 아이는 손목을 그었다. 교실에서였다. 지나가던 학생이 발견해서 살아날 수 있었다. 성적이 떨어져서 그랬어요. 쉰 목소리로 그 아이가 말했다. 두 번째로 자살을 시도한 아이는 약을 먹었다. 수면제는 죽기에 터무니없이 적은 양이었다. 새벽에 응급실에 실려가 위세척을 받은 아이는 여자 친구와 헤어진 게 슬퍼서 그랬다고 말했다.

"시은아. 너 내려오래."

시은이는 가방을 챙겨 들고 천천히 계단을 내려갔다. 4층 교실부터 1층 교무실 옆 상담실까지 시은이는 계단 수를 세어보았다. 80개. 시은이는 상담실 문을 열었다. 미닫이문이 끈적하게 손바닥에 달라붙었다.

"앉아라."

담임의 옆에 여자가 앉아 있었다. 햇빛을 등지고 앉은 여자의 얼굴이 낯익어 시은이는 얼굴을 찡그렸다. 은지의 어깨를 잡아 흔들던 손. 시은이의 손등에 상처를 낸 손. 무릎 위에 얹힌 핸드백을 움켜잡은 손. 시은이는 강소라의 엄마에게 까딱 목례를 해 보이고 자리에 앉았다.

"미리 말을 안 해서 미안하다. 어쩔 수 없었어."

담임은 누구에겐지 모를 사과를 했다. 시은이는 아무 말 없이 담임을 바라보았다. 담임은 헛기침을 몇 번 했다.

"요새 뭐, 어려운 건 없니? 힘들다거나, 공부가 안 된다거나."

시은이는 담임의 등 너머로 비치는 햇빛을 바라보았다. 그리고 눈을 깜박였다.

"별로요. 괜찮아요."

시은이의 건조한 대답에 여자의 손이 꿈틀거렸다. 담임이 여자를 말리려는 듯 손을 뻗다가, 거둬들였다. 담임은 다시 헛기침을 했다.

"그럼 말이다, 이런 얘기를 하기엔 좀 조심스럽지만, 소라에 대해서 아는 건 없니?"

담임은 종이 몇 장을 시은이의 앞으로 밀어놓았다. 종이에

는 시은이와 은지, 유나와 강소라가 같이 찍은 사진이 프린트
되어 있었다.

아마도 3월 초였던 듯, 네 명의 등 뒤로 가지를 뻗은 철쭉
이 앙상했다. 여자의 눈길이 종이를 매만지는 시은이의 손을
따라 움직였다.

"소라 컴퓨터에서 찾은 거다. 너희 넷이 좀 친했던 것 같
아서."

컴퓨터도 조사했구나. 시은이는 어깨를 으쓱해 보였다. 이
런 사진쯤이야 누구나 찍잖아요, 라고 하듯이. 여자는 아무
말도 하지 않았다. 담임은 이마에 흘러내리는 땀을 손수건으
로 닦았다.

"학교 쪽에서도 여러 가지로 알아봤지만, 도대체 모르겠더
구나. 소라가 왜……."

죽었는지, 라는 말을 하지 못하고 담임은 입을 다물었다.
여자의 눈동자가 흔들렸다. 담임은 마른 입술을 혀로 핥았다.

쩍, 하고 입술에 혀가 달라붙는 소리가 났다.

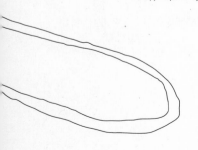

"생활기록부, 학교 성적, 교우 관계 뭐 하나 문제가 없는 애였는데 말이다. 컴퓨터 자료를 모두 조사해도 자살의 징후 같은 건 전혀 보이지 않는다고, 경찰에서도 조사를 끝냈다. 사실 학교 측에서는 이 문제를 그만 들추고 싶어 하지만, 소라 어머니가 딱 한 번만 아이들 얘기를 들어보자고 해서, 그래서 말이다."

시은이는 주머니 속에서 주먹을 쥐었다. 카메라는 시은이의 주머니 안에 있었다. 기숙사에 두고 올 수가 없었다. 주먹을 쥔 손등에 카메라의 서늘한 감촉이 느껴졌다.

"너희가 집으로 돌아가 있는 동안 학교에서도 조치를 취할 거다. 기숙사 창문을 반 뼘 정도만 열리게 할 거야. 아무래도 안전 문제가 있으니."

첫 번째로 자살을 시도했던 아이는 교실에서 손목을 그었고, 그 뒤로 학교 내 야간 순찰이 한동안 강화되었다. 두 번째로 자살을 시도했던 아이는 수면제를 먹었고, 그 뒤로 기숙사 내 약물 반입이 금지되었다. 세 번째로 자살을 시도했던 아이는, 강소라는, 뛰어내렸다. 그리고 창문을 막으려는 모양이다. 참 이상하기도 하지. 시은이는 목덜미에 흐르는 땀방울을 무성의하게 손으로 닦아냈다. 창문을 막으면 아이들은 죽지 않게 될까.

왜 다들, 그 애가 왜 죽었는지만 알려고 할까. 첫 번째와 두 번째 자살 시도를 한 아이들에게도 모두들 같은 걸 물었지. 왜 죽으려고 했느냐고. 죽기 하루 전까지 어떤 방법으로 버텼는지는 왜 아무도 묻지 않았을까.

참 이상하기도 하지.

이상해.

말을 할까, 말까.

시은이가 눈을 느리게 깜박이는 동안, 여자는 갑자기 일어나 상담실 밖으로 나갔다. 문 밖에서 꺽꺽대며 우는 소리가 들렸다. 담임은 깊게 한숨을 쉬었다. 울음소리는 천천히 멀어져갔다. 화장실로 들어갔는지, 나무 문을 여닫는 소리가 들렸다. 시은이가 문 쪽을 바라보자 담임이 혀를 찼다.

"의지가 약해서 죽은 건데, 학부모 마음은 또 그게 아니지…….. 아무튼 어렵다, 어려워. 다 똑같이 공부하고, 똑같은 밥 먹는데 다른 애들은 안 죽잖아. 그러면 당연히 죽은 애한테 문제가 있는 거 아니냐?"

시은이는 아무 말도 하지 않았다. 다만 천천히 고개를 돌려, 담임의 얼굴을 마주 보았다. 담임은 겸연쩍은 듯 뒷머리를 긁었다.

"올라가 봐라. 저녁 식사 시간 다 됐네."

시은이는 꾸벅 고개를 숙이고 자리에서 일어났다. 담임이 아쉬운 듯 말했다.

"정말 너, 아무것도 모르냐?"

시은이는 고개를 끄덕였다.

여름 해는 느리게 기울었다. 아직도 그림자가 짧은 복도를 시은이는 터벅터벅 걸어갔다. 운동장 쪽에서는 남자아이들이 공을 차는 소리가 들렸다. 어설픈 피아노 소리, 여자아이들의 높은 웃음소리가 섞여 들렸다. 시은이는 고개 한 번 돌리지 않고 계속 걸어갔다.

누군가는 공을 차고, 누군가는 소리 높여 웃고, 누군가는 피아노를 친다. 누군가는 물건을 훔치고, 누군가는 책상 앞에 포스터를 붙인다.

죽으려고 하는 행동이 아니다.

아니다.

시은이는 주머니에 손을 넣었다. 카메라를 꺼내 메모리 카드가 들어 있는 곳을 열었다. 시은이는 메모리 카드를 뽑아 손에 쥐었다. 시은이는 쏟아지는 햇빛을 등으로 받으며 쓰레기 소각장 쪽으로 걸어갔다.

그래야 할 것 같았다.

작가의 말

누군가가 죽으면 주변 사람들은 조금씩 베어 먹힌다. 사람들은 그 자리를 '나는 관계없다'는 부정이나 '내 잘못이다'라는 자책으로 채운다. 그 과정에서 사람들은 사라진 사람의 자리를 파헤치고, 드러난 사실을 외면하고 공정하며 슬픔을 건너간다. 그러나 그 사람이 스스로 목숨을 끊은 이유가 무엇이든 간에, 죽기 직전까지 그 사람은 숨을 쉬며 살고자 애썼다는 것을 누군가 알아주었으면 했다.

거짓말이다. 자살하기 알맞은 이유는 없다. 따돌림, 가난, 성적, 폭력, 혹은 말하기조차 머뭇거려지는 거대한 상처. 이유가 무엇이라도 좋다. 그게 '죽을 만한 일이 아니다'라는 말을 하려는 게 아니다. 정말 부끄럽고 미안한 말이지만 살아달라고, 하루만 더 살면 안 되겠느냐고 매일매일 부탁하고 싶을 뿐이다. 네가 떠난 자리는 세상 그 누구도 채울 수 없다고 손을 잡고 더듬거리며 말하고 싶을 뿐이다.

나 역시 때때로 내가 살아서 스무 살을 넘기고 돈을 버는 어른이 되었다는 사실이 기적 같고 지옥 같다. 그러나 이 지옥 속에서 때때로 나는 웃는다. 나는 너와 같은 세상에서 조금 더 살고 싶다. 다음 세상에서 다시 만나는 일은 다가오지 않을 멀고 먼 훗날로 미뤄두자.

전삼혜
1987년 서울에서 태어났다. 걷다가 보니 어른이 되었다. 2010년 대산대학문학상으로 등단했다. 혼자 쓴 책으로는 『날짜변경선』, 함께 쓴 책으로는 『어쩌다 보니 왕따』가 있다. 조용하고 다정한 사람, 다정한 글을 쓰는 사람이 되고 싶다.

오늘 잠들어
내일 눈뜨지 못하면

이승현

너는 평온한 모습으로 누워 있다. 그런 너를 그가 내려다
보고 있다. 그는 네 아빠다. 그의 표정은 오히려 안도하는 듯
하다. 그는 네가 너를 괴롭히던 주위의 모든 것에서 벗어났다
고 생각한다. 그러나 곧 죄책감을 느낀다. '만약 살았으면'이
라는 가정 때문이다. 그러나 다음 순간 부질없다고 생각한다.
그는 혼란스럽다. 너를 자살하게 만든 한 아이를 만난 일이
그의 머릿속에 떠올랐다.

오연이는, 당신 딸은 지독한 년이었어요.

자식이 죽은 아버지에게 그렇게 이야기하는 아이의 표독
한 눈도 떠오른다. 네 아빠는 다른 말을 하지 못했다. 그는 그
저 멍하니 서 있었다. 그가 아는 너는 그런 아이가 아니었다.
하지만 네 아빠가 아는 너든 죽은 널 지독한 년이라고 부르는
아이든, 이제 너와는 상관이 없다.

그는 너를 두고 뒤로 물러나 의자에 앉는다. 그때 흰둥이가 그의 무릎 위로 뛰어올랐다. 그의 가슴에 발을 대고 코를 핥는다. 그는 네가 흰둥이를 무척 보고 싶어 했을 것이라 생각하고 녀석을 데려왔다. 그러나 흰둥이는 너에게 별다른 관심을 보이지 않는다. 지금 너의 몸에서 나는 냄새는 네가 살아 있을 때의 냄새가 아니다. 그는 네가 조금 서운할지도 모르겠다는 생각을 한다. 그러나 그도 흰둥이처럼 너의 시체가 낯설다. 그는 또 죄책감을 느낀다.

흰둥이는 네가 데려왔다. 겨울이었다. 녀석을 데려오기 전날 너는 그에게 전단지 한 장을 내밀었다. 다음 날 안락사시킬 수밖에 없다는 내용과 어린 흰둥이가 앉은 자세로 올려다보는 사진이었다. 그는 동물을 좋아했지만 썩 내키지 않았다. 어릴 적 강아지를 키웠음에도 그랬다. 옛날 일이었다. 대소변 훈련을 제대로 시킬 자신이 없었다. 버려지는 개들의 태반은 똥오줌을 못 가려서다. 애완견이란 아무리 잘 키워도 말 잘 듣는 어린아이일 뿐이다.

너는 전단지 속 흰둥이 같은 눈으로 그를 쳐다보았다. 그는 어쩔 수 없었다. 할 수 없이 허락했다. 너와 함께 차를 몰

고 동물 병원으로 갔다. 입원실 문을 열자 누린내가 순식간에
공기 중으로 퍼졌다. 익숙한 냄새였다. 의사가 창살 속에서
흰둥이를 꺼내 너에게 안겨주었다. 누린내가 났다. 그는 이
냄새가 한두 번 씻긴다고 없어질 냄새가 아니란 걸 알았다.
너는 그걸 아는지 모르는지 꼬리 치는 흰둥이를 안았다.

네가 물었다.

애는 어떤 종이에요?

바둑이란다.

의사가 웃으며 대답했다. 하얗고 짧은 털이 녀석의 몸을
덮고 있었다. 털이 많이 빠질 것이다. 털갈이가 시작되면 한
번 쓰다듬을 때마다 털이 손바닥에 수북이 묻어날 것이었다.
그는 좀 더 부지런해져야겠다고 생각했다.

넌 어쩌다 버려졌니, 주인이 버렸니? 아니면 길을 잃어버
린 거야?

네가 그렇게 물었다. 흰둥이는 그저 꼬
리 칠 뿐이었다. 의사는 하마터면 부동
산 사무실에 줄 뻔했다며 동물 등록 칩
도 심지 않고 흰둥이를 너에게 떠넘

겼다. 잘은 모르나 그쪽 사람들이 보양식을 즐긴다고 했다. 하마터면 흰둥이는 어딘가에서 손질되어 누군가의 배 속에 들어갈 뻔했다.

다행히 녀석은 똥오줌을 제대로 가렸다. 훈련은 한 번도 시키지 않았는데 화장실에서 볼일을 봤다. 전 주인이 훈련을 시킨 모양이었다. 한숨 놓았다. 그는 너에게 녀석이 화장실에서 볼일을 보고 올 때마다 과장되게 칭찬하고 쓰다듬어주라고 말했다.

어이고, 우리 흰둥이 착하네.

그러면 흰둥이도 꼬리 치며 너의 품에 안겨 얼굴을 핥았다.

산책을 데리고 나가기 시작하자 똥은 밖에서만 쌌다. 어쩌다 며칠씩 산책을 못 나가면 화장실에서 변을 봤다. 장마 때는 안쓰러웠다. 너는 그런 흰둥이가 불쌍했는지 비가 내려도 산책을 나가야 한다고 우겼다. 때는 이때다 싶어 그는 너에게 하나의 생명을 책임지는 게 어떤 일인가에 대한 말로 시작해서 목욕은 꼭 시켜야 된다는 말로 끝을 맺었다. 아이들은 당장 귀여워서 애완동물을 키우자고 부모를 조르지만 대소변 훈련이나 목욕 등의 귀찮은 일이 주어지면 그것은 외면하려

한다.

그는 어릴 때 십자매를 키웠다. 그게 십자매란 사실도 몰랐다. 처음엔 참새인 줄 알았다. 어느 집에서 버렸는지 잃어버렸는지 멀리도 높이도 날지 못하던 새 한 마리가 있었다. 그는 녀석을 잡고 싶었고, 곧 손에 잡혔다. 잡힐 때 '찍!' 비명을 질렀다. 머리를 손가락으로 쓰다듬었다. 녀석은 눈을 깜박였다. 녀석의 머리를 볼에 살며시 비볐다. 집에 데리고 가서 쌀 한 톨을 주자 입에 한참 물고 있다가 넘겼다. 녀석은 수놈이었다. 짝을 지어주었다. 새장 안에서 둘은 서로의 등에 올라타며 울었다.

그의 외할머니는 녀석들을 밖에다 두라고 했다. 동물이 집 안에 있는 게 못마땅했을 수도 있고, 부정 탄다는 미신 때문일 수도 있다. 그는 믿지 않았으나 말은 들었다. 다음 날 새장이 엉망이 되어 있었다. 새들은 놀란 눈을 깜빡이며 새장 구석에 있었다. 고양이 때문이었다. 당시 동네엔 길고양이들이 많았다. 녀석들은 아파트 창고 같은 곳에 살며 쥐를 잡았다. 녀석들은 사람 손 타는 걸 두려워하지 않았다. 동네 주민들의 사랑을 받는 존재였다. 오래된 아파트라서 쥐가 많았다. 가끔

천장에서 찍찍 소리가 들렸고 다다닥 쥐들이 뛰
어다니는 소리가 들렸다. 그러면 그는 야구방망
이나 빗자루 같은 것을 들고 천장을 쿵쿵 두들겼
다. 그러면 한동안은 조용했다.

어쨌든 고양이 짓이었다. 고양이가 아니면 새장을 저렇게
뒤집어놓을 만한 존재가 없었다. 그의 집은 1층이었고 베란다
에는 창문이 없었다. 할머니는 싫어했지만 그는 밤마다 녀석
들을 집 안으로 들여놓았다. 그가 새를 데려온 날, 어머니가
한 말 때문이었다.

생명은 소중한 거야. 네가 데려왔으면 죽을 때까지 책임을
져야 한다.

그는 무슨 말인지 제대로 이해할 수 없었지만 새를 계속
곁에 두고 싶었으므로 열심히 고개를 끄덕였다. 밥통이 빌 때
마다 좁쌀을 채웠고, 새장 안 놈들의 대소변으로 더러워진 신
문지를 갈았다. 보는 것도 좋았으나 손에 잡히
지 않으려고 하는 건 불만이었다. 그는 녀석
들을 만지고 쓰다듬고 싶었으나 녀석들은
사람 손을 썩 좋아하진 않았다. 좁은 새장이라

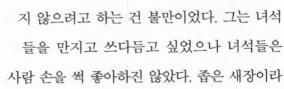

잡는 건 그리 어렵지 않았다. 하지만 불안한 눈초리로 주위를 살피는 녀석들의 눈을 보는 것도 즐겁지만은 않았다. 그러던 어느 날 그는 한밤중 잠결에 새장을 집 안에 들이지 않았다는 사실을 떠올렸다. 하룻밤쯤이야, 하는 생각으로 다시 잠들었던 그날 새들은 모두 죽었다. 한 마리는 눈알이 빠져 있었다. 하얗고 둥근 그 눈알을 보았을 때 그는 새들이 죽었다는 사실에 슬퍼했다기보다 엄마의 분노가 더 두려웠다. 예상대로 엄마는 매를 들었고, 그는 잘못했노라고 빌었다. 별 잘못도 없는 형까지 불려 와 매를 맞았다. 네 아빠는 회초리가 한 번씩 바람을 가를 때마다 엉엉 소리를 질렀고 자지러지며 손으로 허벅지와 종아리를 비볐다.

네 앞에서 그는 자신의 과거를 돌아보고 있다. 어떤 의미도 목적도 없이, 그저 한번 비교해보고 있는 것이다.

그가 중학교 때였다. 어머니가 작은 개 한 마리를 데리고 왔다. 당시는 지금과 세상이 많이 달랐다. 지금은 거의 쓰지도 않는, 너는 영화 속에서나 보았을 비디오 플레이어가 부의 상징인 시대였다. 그는 너나 네 또래 친구들이 이 이야기를 들으면 어떻게 느낄까 궁금해했다. 그는 아마 자신이 어릴 때 들은 텔레비전 이야기랑 비슷할 것이라 생각했다. 당시엔 텔레비전이 있는 집에 온 동네 사람들이 다 모여서 시청했다는 그런 이야기. 비디오가 있는 집에 온 동네 사람들이 모두 모이는 정도는 아니었지만 친구 몇은 모였다.

개를 키운다는 것도 그랬다. 요즘엔 아주 희귀한 개나 사람들의 눈길을 끈다. 집 앞 슈퍼만 나갔다 와도 개를 데리고 산책시키는 사람들이랑 마주치니 확실히 당시와는 세상이 달라지긴 했다. 그가 자랄 때는 집 안에서 개를 키운다는 것이 아주 드문 일이었다. 부자나 키우는 게 애완견이었다. 바로 윗집 경민이네에서도 치와와 한 마리를 키웠다. 이름은 해피였는데, 치와와라는 견종이 원래 그렇듯 작고 뼈대가 약한 녀석이었다.

그는 무척 부러웠다. 작고 귀여운데다 사람을 잘 따르는 강아지를 키우고 싶었다. 하지만 당시 그의 집 사정으로는 무리였다. 어머니 혼자서는 그와 형 둘을 키우는 것만으로도 벅찬 일이었다. 그리고 순종은 한 마리 사려면 수십만 원이나 들었으니 그저 꿈에서나 강아지를 한 번 안아볼 일이었다. 하지만 어머니는 그가 늘 윗집 강아지를 부러워하는 게 눈에 밟혔던 모양이다. 어느 날 어머니는 네 아빠와 그의 형을 불러 물었다.

너희들 정말 잘 키울 수 있지? 전에 새처럼 그렇게 안 할 자신 있지?

그는 새를 키우기 시작할 때처럼 고개를 끄덕였다. 어머니는 미심쩍어했지만 그에게 묻기 전에 내심 마음을 굳힌 것 같았다. 비싼 애완견을 사지는 못했고, 친구에게 새끼를 얻어왔다. 마침 그렇게 때가 맞았던 모양이다. 개를 데리고 집으로 오면서도 다시 전화를 해서 물었다.

정말 책임지고 잘 키울 거지?

녀석의 이름은 봉봉이었다. 어머니는 봉봉은 프랑스어로 사탕이라는 뜻이라고 했다. 녀석은 그의 품에 안기자마자 티셔츠 아래로 고개를 들이밀더니 겨드랑이 쪽으로 파고들었다. 그는 말했다.

춥니? 엄마 품이 그리워?

봉봉은 미니핀이었다. 듣기로 봉봉의 엄마는 도둑의 목을 물어 도망가게 했다는 전설적인 강아지였다. 사실인지 알 수는 없었으나 녀석의 성질은 대단했다. 특히 먹을 때 건드리면 주인도 사정없이 물었다. 흰둥이와는 많이 다른 녀석이었다.

네 아빠는 그렇게 강아지를 키웠다. 너보다는 덜 적극적이었으나, 그도 너만큼 강아지를 좋아했다. 하지만 훈련된 강아지를 키울 만큼 운이 좋지는 않아 상당히 고생을 했다. 녀석은 카펫이고 침대고 가리지 않고 오줌을 쌌고, 네 아빠는 어떻게 해야 할지 몰라 봉봉을 때렸다. 그리고 어느 순간부터 때리는 게 습관이 됐다. 그가 흰둥이를 키우는 데 망설였던 건 이때의 죄책감이 가슴 한구석에 남아 있기 때문이었다.

네가 중학교에 들어갔을 때 네 아빠가 해줬던 이야기다. 그때 네가 물었다. 우리 집은 왜 명절 때 아무 데도 가지 않느냐고. 큰집이 없느냐고. 그는 당황했다. 그들이 왜 명절에 모이지 않는지를 설명하려면 네 할머니의 삶까지 거슬러 올라가야 하기 때문이었다.

네 엄마가 습관처럼 그에게 한 말 때문에 그의 아버지, 그러니까 네 할아버지가 어떻게 죽었는지는 대충 알았을 것이다. 네 할아버지는 폐암으로 죽었다. 사실 폐에서 시작된 것은 아니었다. 시작은 입이었다. 입술 주변의 악성종양이 임파선을 타고 폐까지 전이된 것이었다. 많은 암 환자들이 그렇듯이 돌이킬 수 없을 때가 돼서야 발견했고, 네 할머니는 남편을 살리려고 집안의 모든 돈을 썼다. 항암제, 방사선 치료뿐만 아니라 좋다는 약은 소문만 들려도 찾아다가 구해 네 할아버지에게 먹였다. 네 할머니는 더 이상 돈을 구할 수 없자 할아버지의 형제들에게 도움을 구했다. 3형제였다. 네 할아버지는 막내였다.

그러고 보니 또 생각이 난다. 네가 그에게 그랬다. 머리에 신경 좀 쓰라고. 다른 아빠들은 머리숱이 많은데 그는 너무 휑해 보인다고. 가발이라도 쓰라고. 그가 젊을 때도 신경 쓰지 않던 머리였는데, 너 때문에 신경을 썼다. 그때 그는 너에게 할아버지들의 사진을 보여주었다. 3형제가 한복을 입고 사진관에서 찍은 사진이었다. 세 분 모두 머리가 황량했다. 그가 말했다.

미안하지만 이건 유전이라 어쩔 수 없구나.

네 할머니가 끼어들었다.

아이고, 내가 젊을 때 그렇게 관리 좀 하라고 할 때는 그냥 멋대로 살더니 꼴좋다! 이젠 저만 쪽팔리는 게 아니라 제 새끼까지 쪽팔리게 만드네.

어쨌든 할머니의 예상과는 달리 할아버지의 형제들은 인색했다. 그들은 그냥 포기하자고 했다. 산 사람은 살아야 한다고. 죽을 사람은 어쩔 수 없지만 산 사람은 잘 살아야 되지 않겠느냐고. 그들에게 네 할아버지는 이미 죽은 사람이었다. 그리고 어느 날인가 네 할아버지는 숨을 거두었다. 네 할머니는 당시 유행하던 거짓말을 그에게 했다.

아빠는 하늘나라로 갔단다. 여러 밤을 자고 나면 다시 집에 온단다.

그의 기억은 희미하다. 하지만 네 할머니는 또렷이 기억하고 있었다. 그는 엄마의 허벅지를 베고 누워서 팔을 살살 주무르며 이렇게 물었다.

아빠 몇 밤 자면 하늘나라에서 다시 집으로 와?

그는 아버지가 다시 온다는 사실을 믿었다. 네 할머니는 그런 옛날 일을 말할 때 빼먹지 않는 말이 있었다.

미치도록 더운 날이었다.

7월 말이었으니 그럴 만도 하다. 미치도록 더운 날.

그런 이유로 그는 친가와는 관계가 소원했다. 늘 외가랑 가깝게 지냈다. 딱히 명절 때는 가지 않았지만 여름방학, 겨울방학이면 늘 강원도 삼척의 외가로 갔다. 외가는 사슴 목장을 운영했다. 거기엔 바다도 있었고, 겨울이면 허벅지까지 눈이 차올랐다. 나뭇가지가 부러질 만큼 많은 눈이 내렸다. 그는 너를 데려간 적은 없었다. 하지만 사진을 보면서 너는 환상적이라 감탄했다. 그리고 어릴 때 그의 사진을 보면서 너는 이렇게 말했다.

아빠 오나전 귀여워!

너는 그러면서 깔깔댔다. 그는 항상 거짓말을 했다. 언젠가 꼭 한번 같이 가자고. 사실 그는 그곳에 다시 갈 마음이 없었다. 외할머니는 아들을 낳지 못해 쫓겨나듯 딸의 집으로 와야 했다. 이혼이란 절차도 없이 첩은 본처가 됐고, 그녀의 자식들은 모두 호적에 올랐다. 모두 옛날 일이다. 네 아빠는 훗날 그 옛일을 모두 안 후 더 이상 외가에 가지 않았다.

설명을 좀 듣고 싶습니다.

저도 자세한 것은 잘 모릅니다. 시작은 오연이였고, 나중에는 가해자에서 피해자가 되었다는 것밖에는…….

이제 그는 자신의 학창 시절을 떠올린다. 너처럼 누군가에게 저주를 받을 만큼 끔찍했던 존재가 있는지 생각해보고 있다.

그도 어릴 때 괴롭힘을 당한 적이 있다. 초등학교 때였다. 이름이 박성룡이었다. 당시 아이들의 이름은 거의 잊어버렸지만 놈은 이름도 특이했고, 하도 녀석에게 괴롭힘을 당해서인지 아직까지 녀석의 이름만은 그의 기억에 남아 있다. 녀석은 잔인했다. 따귀를 때리는 것 정도는 기본이었다. 뭐가 됐든 기분이 틀어지면 괜히 그를 건드렸고 어떤 때는 벨트로 네 아빠의 목을 조였다 풀었다 하며 즐거워하기도 했다. 이유 따위 없었다. 녀석은 그냥 그랬다. 그의 주변에 친구가 없었던 것은 아니나 모두들 성룡이를 두려워했다.

그는 몇 년을 참았다. 그러다 어느 날은 도저히 참을 수 없었다. 녀석에게 덤볐고, 그는 참패했다. 죽도록 맞고 열 대쯤 더 맞은 것 같다. 녀석은 그러고도 분을 못 참았는지 그의 목을 조르기 시작했다. 네 아빠의 입이 벌어지고 혀가 튀어나올 무렵에야 아이들은 큰일 나겠다 싶었는지 성룡이를 그에게서 떼어냈다.

그는 무력했다. 그 사실 때문에 그는 미칠 것 같았다. 그리고 녀석과 같은 중학교까지 다닐 거란 사실에 더욱 큰 절망감을 느꼈다. 앞으로도 녀석은 심심하면 그를 때리고 괴롭힐 것이었다. 네 아빠의 도시락을 제 것처럼 까먹을 것이고, 패거리 몇몇과 심심하면 그를 건드릴 것이었다.

그래도 어떻게 견뎠다. 지금에서야 모두 지나갔다고 말할 수 있지만, 당시에는 결코 그 상황이 끝날 것이라고 여긴 적이 없었다. 암울했고, 불안했다. 다음 날은 희망이 아니었다. 그저 그런 똑같은 날도 아니었다. 오늘 잠들어 내일 눈뜨지 않았으면 했다. 지금은 그런 기분을 더욱 자주 느낀다. 네가 죽기 전에도 가끔 그런 기분을 느꼈다. 아니, 그걸 알아차렸다는 게 적당할지도 모르겠다.

그는 어떻게 견뎠을까? 그는 언젠가 어떤 책에서 읽었다. 유년기를 자연과 함께 보낸 사람들은 절대 꺾이지 않는다고. 그는 또 죄책감을 느낀다. 그가 너를 자연에서 키우지 않아서 네가 그렇게 가버렸을까 생각한다. 그는 자연과 함께 자랐다. 완전히 산속에서 지낸 건 아니지만 뒷산이 있었고, 그의 외할머니는 산에 들에 작게나마 밭을 일구었다. 산은 그의 놀이터였다. 바위가 하나 있었고 그는 거기에 누워 상상의 나래를 펼치곤 했다. 외할머니의 밭일을 돕기도 했다. 하지만 아닐 것이다. 자연 속에서 자란다고 사람이 꺾이지 않고 자살을 안 한다면 농촌에서 평생을 보낸 사람들은 모두 천수를 누릴 것이다. 그들이 농약을 먹고 자살하는 일 따위는 꿈에서나 찾아봐야 할 것이다. 그저 어디선가 굴러먹다 튀어나온 통계일 것이다. 그러나 그는 여전히 자책에서 벗어나지 못한다. 너는 도시에서 자랐다. 태어난 곳은 병원이었고, 자란 곳은 아파트였으며, 다닌 곳은 학원과 학교밖에 없다. 지나다닌 길은 시멘트와 아스팔트였고, 타고 다닌 건 자가용과 버스와 지하철이다.

1년에 한두 번 바다나 산으로 갔다. 의무적이었다. 그는 피곤했다. 그가 피곤해서였는지, 그가 피곤하다는 걸 네가 알아서였는지 너도 그리 즐거워했던 것 같지는 않다. 고등학교에 올라가자 너는 더 이상 그와 어딘가로 가려고 하지 않았다.

네 아빠는 너를 자연과 가까운 데서 키웠더라면 어땠을까 상상해본다. 어쩌면 너와 함께 좀 더 많은 시간을 보냈을 것 같다. 밀린 회사일 따윈 접어버리고 너를 데리고 뒷산에 갈 수도 있었겠다. 이 꽃이 무슨 꽃이냐고, 이 나무가 무슨 나무냐고, 저 나비가 무슨 나비냐고 묻는 네게 머리를 긁적이며 잘 모르겠다고 대답할 수도 있었겠다. 그러면 너는 아빠는 그것도 몰라? 저 꽃은 오연이 꽃이고 저 나무는 아빠 나무야. 나는 저 나무보다 훨씬훨씬 더 커서 훨씬훨씬 더 이쁜 꽃을 피울 거야, 라고 대답을 했을지도 모르겠다. 그는 바보 멍청이 아빠답게 그게 말이 되느냐며 핀잔을 주었을 테고 네가 잘 알아듣지도 못할 나무와 꽃의 차이에 대해 설명하려고 애를 썼을 것이다. 너는 네 아빠의 대답 따윈 신경도 쓰지 않고 들판을 돌아다녔겠다.

어쩌면.

그는 성룡이와 같은 중학교로 진학했다. 하늘이 도우셨는지 녀석과 네 아빠는 반이 갈렸고 그것도 정반대에 위치한 반으로 배정됐다. 중학교 때는 딱히 괴롭힘을 당한 적은 없는 것 같다. 하지만 늘 패거리는 존재했고, 따돌림을 당하거나 괴롭힘을 당하는 아이들 역시 늘 있었다. 아이들은 항상 잘

참았다. 어떤 애는 부모님께 말하기도 했다. 괴롭혔던 아이들은 혼이 났지만 결과적으로 일렀던 아이는 더 나쁜 상황에 처했던 것 같다. 결국엔 모두 전학을 갔다. 더 많이 맞았을 것이고, 협박도 당했을 것이다. 비참했을 것이다. 무력했을 것이다. 그처럼 오늘 잠들어 내일 눈뜨지 않았으면 했을 것이다.

그는 너를 생각한다. 너는 왜 아빠에게 아무 말도 하지 않았을까. 뭔가 말이라도 했으면 무엇이라도 방법을 마련했을 것이다. 네가 피해자든 가해자든 상관없이, 무엇이라도.

중학교 2학년 때였다. 꽤 세다는 녀석이 있었다. 이름은 조정환이거나 그 비슷한 이름일 것이다. 쉬는 시간에 엎드려 자고 있는데 누군가 네 아빠의 등을 계속 타 넘고 다녔다. 그는 짜증이 나서 녀석에게 하지 마! 하고 소리를 질렀다.

니미 보지다.

녀석은 그렇게 말하곤 혀를 내밀었다. 주변에 있던 녀석들이 낄낄댔다. 네 아빠는 갑자기 그 말에 분노가 치밀었고 그래서 녀석을 향해 달려들었다. 평소의 그라면 절대 하지 않았을 행동이었다. 그의 갑작스런 행동에 당황했던지 아니면 허우대만 멀쩡했던지 놈은 별다른 반항도 못 해보고 네 아빠의 주먹에 이빨 두 개가 부러지는 수모를 당했다. 네 할머니는 학교로 불려 왔고 놈의 치료비까지 줘야 했지만 딱히 그에게 뭐라고 하지는 않았다. 그저 한마디 하셨다.

그래도 때리고 오니까 속이 좀 낫네.

초등학교 때 네 아빠의 상처가 단순히 계단에서 구르거나 축구하다가 넘어져서 생긴 게 아니란 걸 알았던 게다. 벨트에 목 졸려 난 자국이 굴러서 생길 리는 없었다.

그는 그때부터 달라졌다. 누군가 네 아빠를 언짢게 하면 주먹을 휘둘렀다. 그보다 센 놈이어도 절대 지지 않겠다고 마음먹고 달려들었다. 박성룡 그 녀석도 예외는 아니었다. 싸움이란 것도 마음먹기 나름이었다. 옛날 놈에게 진 것도 이미 마음으로부터 지고 들어가서였을 것이다.

그는 지금에서야 자신 안에 그렇게 분노가 많았다는 것을 깨닫는다. 그 분노는 어느 한순간에 일어난 것이 아니었다. 가슴속에 조금씩 모이고 모여 밖으로 나갈 때만 기다렸던 게다.

초등학교 때는 학년마다 가정 조사를 했다. 먼저 선생님이 들어와서 아이들에게 눈을 감으라고 위협적으로 말을 했다.

그러곤 아빠 없는 사람 손들어, 엄마 없는 사람 손들어, 그런 식이었다. 그는 어쩐지 부끄러웠다. 눈을 감으라고 해서 그랬을 수도 있다. 그건 다른 누군가가 알아서는 안 되는 일이었다. 반에 네다섯은 편부모 가정이었다. 그럴 때 우연히 손을 든 녀석과 눈이 마주치면 일종의 동질감을 느꼈다. 그는 어쩌면 그런 느낌에 위안을 받았을지도 모른다. 그러다가 언젠가 엄마 아빠 모두 없는 사람 손들라고 했을 때 네 아빠는 슬그머니 눈을 뜨고 주위를 살폈다. 그러다가 성룡이와 눈이 마주쳤다. 그때부터 성룡이의 괴롭힘이 시작됐다.

그는 성룡이에게 복수했을 때를 생각한다. 그는 녀석을 때려 눕혀놓고 미친 듯이 발길질을 했다. 겨우 정신을 차렸을 때 녀석은 네 아빠의 다리를 부여잡고 이렇게 말했다.

잘못했어. 그만 때려.

녀석은 그를 올려다봤고, 놈의 눈을 본 순간 엄마 아빠가 없어 손을 들어야 했던 녀석의 표정이 떠올랐다.

그 얼굴이 지금 다시 그의 머릿속에 떠오른다. 그는 문득 박성룡이 어떻게 살고 있는지 궁금하다. 고등학교에 진학하지 않았다는 소식을 들은 게 마지막이었다.

이런저런 뉴스가 보이고 들린다. 아이들의 폭력에 대한 이 야기. 그러면 네 아빠도 어쩔 수 없이 모든 것이 부서져버린 현실을 떠올린다.

오연이가 그렇게 잔인했니? 너희는 어떻게 그렇게 잔인한 것이지?

그는 너를 죽음으로 몰고 간 아이들을 만났던 일을 생각 하다가 다시 자신의 과거를 떠올렸다.

네 아빠가 어릴 적에도 아이들은 잔인했다. 남의 상처를 찌르고 쑤시며 쾌감을 느끼던 녀석들은 그가 아이일 적에도, 그의 아버지가 아이일 적에도, 그의 할아버지가 아이일 적에 도 존재했다. 구석기 시대에도 왕따는 있었다.

초등학교 때부터 그는 자신의 어머니가 창녀라는 소리를 들었다. 그의 어머니는 포주도 창녀도 아니었다. 단지 남편이 없었을 뿐이다. 바로 그와 같은 또래의 아이들이 네 아빠에게 그랬다. 창녀가 뭔지 명확하게 이해하지 못했으면서도 그들 은 찔렀고, 창녀가 뭔지 이해를 못 하면서도 상처를 받았다. 그들은 상처 받은 네 아빠의 모습에서 무엇을 느꼈을까.

요즘 아이들이 유달리 더 잔인하진 않다. 그들이 왜 그러는지 굳이 궁금해할 필요도 없다. 어른이라 불리던 사람들은 어른이 아니었고, 아이들은 삶을 습득한다. 모두가 잔인한 건 아니나, 잔인한 이들이 없었던 적은 없다. 일부는 태생적일 것이고, 대부분은 습득했다.

공부가 부담이었을지도 모르겠다. 그와는 달리 네 엄마의 교육열은 대단했다. 요즘에는 애들이 건강하게만 자라면 된다고 하는 부모는 없다고 한다. 실제 그렇게 말해도 다 거짓 말이라고 한다. 네 엄마는 대놓고 그랬으니 최소한 위선자는 아니었다.

네 아빠가 학교에서 한 생각은 단 하나였다. 대체 내가 왜 여기 앉아 있어야 할까. 그는 이유도 목적도 없이 그냥 그렇 게 버티며 다녔다. 그는 생각한다. 나란 놈은 생각이 없었다. 학창 시절이라는 그 많은 시간 동안 도대체 나는 무슨 생각 을 하며 살았는지 모르겠다. 원대한 꿈을 꾼 적도 있는 것 같 다. 하지만 그래 봐야 뭐하나 하는 생각이 늘 내 머릿속에 있 었다. 그것은 죽음 때문이었던 것 같다. 죽으면 나에게 남는 게 무엇이 있을까. 그래서 사람들은 그게 무엇이든 믿어야 한다. 그도 믿고 싶다. 그 모든 것들이 다 사라지면 자신에게 남는 것은 무엇일지, 너에겐 무엇이 남아 있을지. 교회에, 성당에 가서 하나님이든 하느님이든 그 님들에게 너를 좀 잘 봐달라고, 너를 행복하게 해달라고 빌고 싶어 한다. 절에 가서 황금색으로 빛나는 부처님께 네가 극락에서 온갖 행복을 맛보다가 다시 이 생으로 오게 해달라고 빌고 싶어 한다. 네가 어떤 형태로든 아직도 어딘가에 존재한다고 믿고 싶어 한다.

그는 자신이 채 살아보기도 전에 이미 패배했다고 생각한다. 채 살아보기도 전에 모든 걸 포기한 사람이라고 생각한다. 네 아빠는 젊을 때 그저 하루하루를 적당히 때우고 즐기기만 했다. 오래 일해본 적이 없었다. 적당히 몇 달 일하고 적당히 벌어 돈을 다 쓸 때까지 놀았다. 만화책을 읽었고, 소설책을 읽었고, 게임을 했다. 친구들과 술을 마셨고, 노래를 불렀다. 게임을 했다. 돈이 떨어질 때쯤 다시 일을 찾았다. 일은 많았다. 공장이 많았다. 공장들은 늘 사람이 부족했다. 그가 다니는 그 몇 달 동안에도 사람들은 늘 들락거렸다. 일주일, 보름이 아니라 하루 만에 그만두는 사람도 있었다. 일이 힘들어서였을 수도 있고 또 다른 심경의 변화가 있었을 수도 있다. 사람들은 그랬다.

밤낮이 주 단위로, 또는 각 공장의 정해진 단위로 바뀌었다. 네 아빠의 머리는 늘 멍했다. 특히 야간 조일 때는 더 심했다. 화학약품도 많이 만졌다. 공장에는 약품을 취급할 때의 규정이 있지만 대부분 그저 귀찮아서 무시하곤 했다. 이 약품을 만질 때는 고글을 쓰고 마스크를 쓰고 고무장갑을 끼고 만지라고 했지만 그저 귀찮아서 면장갑에 슬쩍 묻혀 제품을 닦았다. 어쩌면, 이 때문에 네가 그랬을지도 모른다고 그는 생각한다.

그는 네가 생겼을 때 걱정을 했다. 내 젊은 날 멋대로 산 대가로 네가 혹시 기형이진 않을까, 심장이나 어딘가에 문제를 지닌 채로 태어나는 건 아닐까 걱정을 했다. 나중에 피 검사와 초음파 검사에서 아무런 문제가 없다는 사실을 알았을 때 네 아빠는 기쁨을 주체하지 못하고 혼자 급하게 화장실로 가서 크게 웃었다. 너나 네 엄마 앞에서 그랬다가 누군가 놀라기라도 하면 뭔가 잘못되겠다는 생각에서 그랬다. 그리고 자신이 그렇게 살았다는 걸 네 엄마에게 밝히고 싶지 않기도 했다. 그는 의문이 생겼다. 그때 너에게 정말 이상이 없었던 것일까? 수많은 연구 결과가 있다. 부모가 알코올이나 니코틴, 약물중독일 때 자식들이 우울증에 걸릴 확률이나 폭력적일 확률이 높다는 그런 것들. 혹시 자신이 그때 그렇게 화학약품을 많이 만져서 너의 마음에 어떤 결함이 있었던 게 아닐까. 혹은 젊은 날 그의 방탕한 생활 때문에, 또는 밤낮이 수시로 뒤바뀌던 생활 때문에, 어느 한 시기 술을 입에 달고 살았기 때문에 너의 마음에 어떤 결함이 있었던 게 아닐까. 네가 정상이라던 그 의사의 말은 그저 말뿐이었을지도 모른다. 그는 자신이 아는 것 외의 것은 그저 모를 뿐이다. 네 아빠는 어쩌면 자신 때문일지도 모른다고 생각한다. 그것이 너에게로 전해졌을 수도 있다고 생각한다. 그래서 네가 누군가를 괴롭혔고, 또 누군가에게 괴롭힘을 당해 견디지 못하고 죽었을 수도 있다고 생각한다.

언젠가 그가 5층 아파트에 살았을 때의 일이다. 중학교 시절이었다. 당시엔 옥상이 개방돼 있었다. 그때 딱 한 번 자살 시도 비슷한 것을 한 적이 있다. 아마도 우울증 같은 것이었겠다. 갑자기 모든 것이 그를 미치게 만들었다. 방의 침대와 책상들이 자신을 비난하는 것 같았다. 방 옆 다용도실에서 돌아가는 세탁기 소리도 견딜 수 없었다. 그냥 잠들었다가 깨어나지 않았으면 했다. 그냥 좋은 꿈을 꾸며 깨어나지 않았으면 했다. 당시의 현실이 그렇게 그를 압박하지는 않았다. 그저 마음의 어떤 문제였다. 과거의, 혹은 현재의 어느 부분에서, 어디서 어떻게 뛰쳐나올까, 혹은 은연중에 그를 늘 지켜보며 있던 어떤 문제였을 것이다. 그는 그것이 주기적이었는지 어땠는지 잘 기억하지 못한다. 어쩌면 자신이 한곳에서 꾸준히 직장 생활을 하지 못한 것도 그런 이유일 수 있다고 생각한다.

옥상 난간에 앉았다. 옥상에서 당시에는 그리 많지도 않았던 차를 보며 그것들이 내뿜는 매연을 못 견뎌 했다. 그는 버스에서 내뿜는 매연을 바로 뒤에서 맞아야 알 수 있을 만큼 둔했는데도 그랬다. 그리고 중앙난방이었던 아파트의 어느 굴뚝에서 뿜어져 나오는 연기만 봐도 세상은 살 곳이 못 된다는 생각을 했다. 난간에 앉아 아래를 내려다보았다. 어지러웠다. 두려움이 머리끝까지 차올라 그는 내려올 생각도 못 했다. 네 아빠는 오줌을 지릴 때까지 거기에 앉아 있었다. 꼴이 우스웠지만 그만큼 죽어야겠다는 생각이 강했던 것이기도 했다. 그는 두려움에 굴복해 결국엔 내려왔다. 일어서서 내려온 것도 아니었다. 거의 굴러떨어지듯이 내려왔다. 온몸에 쥐가 나서 몇 분 후에야 겨우 움직였다. 또 세상이 자신을 비난한다고 느꼈다. 죽지 못해 산다는 생각을 했다. 너도 그랬을지 모른다.

네 엄마도 그리 평탄하게 살진 않았다. 어릴 적 네 엄마네 집은 그냥 부자가 아니라 엄청난 부자였다. 요즘엔 흔하게 듣지만 당시에는 드물었던, 수백억대 자산가가 네 엄마의 부모들이었다. 그래서 네 엄마는 어릴 때부터 좋다는 교육은 다 받았다. 좋다는 학교는 골라 다녔다. 하지만 네 엄마도 그리 행복했던 것 같진 않다. 마음속에 허무가 많았다. 너도 네 외할머니에게 들었다시피 자신의 영역을 누구도 건드리지 못하게 고집을 피웠다. 누군가 자신이 방에 있을 때 들어와 신경을 거슬리게 하면 집이 떠나가라 고함을 치고 떼굴떼굴 굴렀다. 그 좋은 집, 좋은 환경에서 그녀가 왜 그랬을까, 네 아빠는 의아했다.

　그렇게 좋은 환경에 있다가 어느 날 집이 완전히 망했다고 했다. 100평 아파트에서 한순간에 단칸방에서 다섯 식구가 살아야 되는 환경으로 바뀌었다. 근데 네 엄마는 그때도 별 감정을 느끼지 못했다. 그냥 이렇게 되었구나 하는 느낌밖에는 없었다. 네 아빠 생각에 그건 정상이 아니었다. 삶이 한순간에 나락으로 떨어지면 울고불고 억울해해야 하는 것이 정상이다. 부유한 환경이든 찢어지게 가난한 환경이든, 마음속에 집착이 없다는 것이 허무가 아니고 무엇일까. 네 엄마도 오늘 잠들어 내일 눈뜨고 싶지 않았던 걸까. 어쩌면 네 아빠처럼.

때론 위기가 찾아왔고, 때론 행복했다. 돈이 없어 미칠 것 같던 때도 있었다. 직장 면접을 보러 가야 하는데 차비가 없어 저금통을 뜯은 적이 있었다. 회사에서 월급이 나오지 않아, 신용카드로 한동안 생활했다. 그리고 결국엔 빚에 시달렸다. 매일같이 전화가 왔다. 전화를 하는 사람들은 하나같이 확답을 받고자 했다. 돈을 언제 줄 수 있는지에 대한 확답. 매일같이, 시도 때도 없이. 빚에 시달리다가 비관 자살한 사람들도 있다. 똑같이 빚에 시달려도 누군가는 죽고, 누군가는 산다. 네 부모는 어떻게든 꾸역꾸역 살았다. 그저 죽지 못해 살았다. 뭔가 희망이 있었다. 그저 좀 더 편하게 살고 싶다는 그런 희망. 걱정이 많았다. 언제쯤 돈 신경 안 쓰고, 빚은 언제쯤 떨칠 수 있을까. 그들은 그저 늘 그 걱정이었다.

　네 아빠는 늦된 사람이었다. 그래서 네가 태어나고서야 세상에 자리를 잡았다. 직장 한 곳에서 17년을 버텼다. 네가 태어나면서 모든 게 바뀌었다. 그는 네 할머니를 떠올렸다. 생명에 대해 책임을 져야 했다. 누구도 아닌 자신 때문에 태어난 너에 대해 책임을 져야 했다. 그것이 사랑이었는지는 그도 혼란스럽다. 한때는 사랑이라고 확실히 믿었지만 지금은 뭐가 뭔지 알 수가 없다.

　그는 늘 뭔가에 압박받아왔다. 학교를 다녀야 했고, 왕따에 괴롭힘에 괴로워하면서도 견뎌야 했고, 하기 싫지만 먹고살아야 하기에 일을 했고, 어쩌다 보니 가정을 이루었고, 또 이룬 가정을 유지해야 했고, 너를 잘 키워야 했고……. 그는 의문을 품는다. 부모가 뭐지? 가장은 무엇일까? 자식은 또 왜? 어리고 약한 생명들을 보면 왜 마음이 아플까? 네 아빠는 살았다. 어느 순간부터 자신과 가족의 삶을 지키기 위해 살았다. 네 아빠는 너에게 남보다 조금이라도 더 잘해줄 수 있었으면 했다. 네가 남들보다 좀 더 나았으면 했다. 네가 앞으로 자신 같은, 네 엄마 같은 삶의 압박을 받지 않았으면 했다. 그는 생각한다. 내가 왜 그랬지?

그는 계속해서 혼란스럽다. 생명이 소중하다고 배웠지만 정말 생명이 소중한지 알 수가 없다. 그렇게 소중한 생명들은 그 숫자만큼, 제각각의 이유로 계속해서 죽어간다. 동물, 식물, 미생물 상관없이 모두 그렇게 죽어가고 있다. 뭔가에 의해 살해당하고, 먹히고, 사고로, 실수로 또는 스스로 그렇게 죽어가고 있다. 네가 그렇게 사랑했던 흰둥이도 이제 갈 날이 머지않았다. 12년을 살았으면 꽤 오래 살았다. 길어봐야 3년일 것이다. 늙어서, 몸의 장기들이 서서히 정지할 것이다. 그러면 힘없이 주인을 쳐다보다가 눈을 까뒤집으며, 경련을 일으키다가 똥오줌을 싸며 죽을 것이다. 치매나 안 걸리면 다행일 것이다.

네 아빠는 자신이 배웠던 것처럼 너에게 생명의 소중함을 가르쳤다. 너 자신을 가장 위하라고 가르쳤다. 성적 때문에, 왕따 때문에 자살한 아이들의 뉴스가 나올 때마다 그는 너에겐 별일이 없느냐고 물었다. 성적은 걱정하지 않았다. 혹시나 누군가에게 맞고 들어온 흔적은 없는지 내내 곁눈질했다. 네가 엄마랑 찜질방에 갔다 올 때마다 몸에 이상이 없는지 물었다. 아빠보다는 엄마와 많은 시간을 보냈었기에, 네 엄마에게 네가 무슨 고민을 가지고 있는지 늘 물었다. 해결해주지도 못할 거면서 늘 그렇게 물었다. 네 엄마에게 등신 같은 소리 좀하지 말라는 타박도 한두 번 맞은 게 아니다. 별문제가 없다는, 그 나이 때는 다 그렇다는 말을 철석같이 믿었다. 그게 아니라는 걸 그는 짐작도 못했다. 네 엄마도 네 할머니도 네 외할머니도 모두 몰랐다. 그래서 그는 아무 일도 없는 줄 알았다. 네 아빠는 네가 그저 그 나이 때 겪을 만한 당연한 일만 겪고 있는 줄 알았다. 어쩌면 그것도 당연한 일 중 하나일 뿐일지도 모른다. 하지만 아무도 정확하게 이해하지 못한다. 한 개인의 내면을, 그 고통의 느낌을 누구도 알지 못한다. 그래서 아이들은 타인을 괴롭힌다. 확실히 느끼는 고통과 기쁨은 오직 그 자신의 것밖에 없다. 그 자신도 그랬다. 남의 고통은 미루어 짐작할 뿐이었다. 자신의 딸이라도 마찬가지다.

　네가 그에게 스스로의 사정을 이야기했다 하더라도, 그는 자신이 너를 완전히 이해할 수 없으리란 사실을 이젠 안다. 짐작은 해도, 이해는 못했을 것이다. 그는 네가 아니기에. 그렇더라도 그는 너를 도울 수 있는 기회를 놓쳤다는 사실을 좀처럼 받아들이기 힘들다.

그는 회사를 그만두었다. 거기에 더 이상 다녀야 할 의미를 찾지 못했다. 그는 네 엄마에게 무슨 말을 해야 할지 모른다. 다가가 어깨에 손이라도 얹어주고 싶지만 그는 그저 문 앞에서 멍하니 그 뒷모습만 지켜볼 뿐이다. 그녀는 네 아빠이상으로 자책에 시달리고 있다. 너를 열 달 동안 배 속에 품고 있었고, 그 누구보다도 너와 오래 함께했으며, 그 누구보다도 너를 잘 안다고 생각했기 때문이다. 하지만 이젠 모두부질없다.

너는 이제 무덤으로 들어간다. 많은 사람들이 너의 죽음을 애도하고 있으나 이제 너에겐 의미가 없다. 관 뚜껑이 덮힐 때까지 네 부모는 너에게서 눈을 떼지 못한다. 그런 부모의 간절한 시선도 이젠 너와 상관이 없다. 앞으로도 상관없을 것이다.

네 부모는 가끔 함께, 또는 따로 네 무덤을 찾는다. 네가 사랑했던 흰둥이도 데리고 온 다. 흰둥이도 같이 데리고 다닌다. 네 아  빠는 네 무덤에 올 때마다 소주를 마신다. 그가 할 수 있는 것은 별로 없다. 네가 그에게 해줄 수 있는 것도 없다.

네 아빠의 기분이 나빠 보였는지 흰둥이는 한쪽 구석으로 가서 눈치를 살핀다. 그러다가 슬며시 다가와 다시 꼬리 치며 그의 얼굴을 핥는다. 네 아빠가 흰둥이를 보며 묻는다.

흰둥아, 너에게 삶이란 뭐지?

흰둥이는 대답이 없다. 그의 기분이 풀린 줄 알고 주변에서 팔짝팔짝 뛰다가 다시 네 아빠의 품에 안긴다.

너도 무리를 지어 살면, 사람처럼 누군가를 괴롭히면서 즐거워할까?

흰둥이는 갑자기 너의 무덤을 파기 시작한다. 그는 잠깐 흰둥이가 너를 보고 싶어해서 그러는가 보다, 하고 생각을 하지만 곧 고개를 가로젓는다. 아마도 무언가 흥미를 끄는 냄새가 네 무덤에서 난 모양이다.

그는 도대체 어찌할 바를 모른다. 그는 네 앞에서 어른인 척하며 너를 가르쳤지만, 지금은 너도 알 것이다. 그는 그저 늙어가는 한 인간일 뿐이다.

그는 계속 너를 생각한다. 종교가 진실이어서 네가 아직도 어딘가에서 살아 있었으면, 혹은 과학이 진실이어서 죽음 이후의 삶은 없는 것이고 죽음이란 시기의 문제일 뿐이며 세상 모든 생명이 그러하기에 기뻐할 것도 슬퍼할 것도 없었으면. 자신의 마음이 얼음장처럼 차가웠으면.

이제 너와는 상관이 없지만.

소설 속에 교훈적이거나, 뭔가를 해야 한다거나, 어떻게 변해야 한다거나 하는 내용은 없습니다. 저라는 사람 자체가 워낙 못난 사람이라, 청소년 여러분을 대상으로 이래야 한다, 저래야 한다 말하는 것 자체가 이미 건방진 짓이라고 생각합니다.

소설에 마침표를 찍으면서도 어떤 결론을 내릴 수가 없었습니다. 자살은 어떤 정신병적인 증상이기도 하나 대체로는 주변 환경 때문이며, 정신병적 증상마저도 주변 환경에서 기인하는 경우가 대부분입니다. 이 환경이란 것은 바로 대대로 이어지고 그것이 누적된 결과입니다. 이승현이라는 사람도 그 일부일 뿐이며, 또 우리 모두가 그러합니다. 자살을 일으키는 환경은 바로 저 자신이며, 우리 모두입니다. 저는 저 자신의 내면에 스민 폭력과 죄로부터 아직 스스로를 구원하지 못했습니다. 그래서 어떤 결론도 내릴 수가 없었습니다. 하나의 유일한 선을 제시하고 싶지만 그럴 능력이 되지 않습니다. 죄송합니다. 다만 우리가 사는 세상에 대해, 무엇이 문제인지 다 같이 고민해보았으면 합니다. 이 소설은 우리 세상의 아주아주아주 작은 일부분입니다.

이승현

1977년 대구에서 출생했다. 2011년 『실천문학』에서 단편소설 「그러니까, 늘 그런」으로 등단했다. 2009년까지 학교 다닌 시간, 군대 복무한 시간을 빼고는 공장에서 살았다. 공장에서 살던 중 잠시 종합 격투기 선수로 활동했으나 4승 8패의 초라한 성적으로 선수 생활을 마감했다. 이후 인쇄소, 출판사, 장애인 활동보조인 등 다양한 일을 했으며, 그 체험들을 소설로 풀어 쓰고 있다. 저서로는 장편소설 『안녕, 마징가』, 단편집 『초파리 왕국』 등이 있다.